中級英語檢定模擬試題 ① 詳解

第一部份：看圖辨義

第一題和第二題，請看圖片 **A**。

1. (**B**) 關於 JoJo 的酒吧與燒烤店，哪一項敘述是正確的？

　　A. 飲料有三種選擇。　　　　B. 炸雞是菜單上最貴的餐點。
　　C. 晚餐的甜點是免費的。　　D. 它提供早餐、午餐和晚餐。

* description (dɪˋskrɪpʃən) *n.* 敘述　　bar (bɑr) *n.* 酒吧
　grill (grɪl) *n.* 燒烤店　　fried (fraɪd) *adj.* 油炸的
　expensive (ɪkˋspɛnsɪv) *adj.* 昂貴的　　item (ˋaɪtəm) *n.* 項目
　menu (ˋmɛnju) *n.* 菜單　　dessert (dɪˋzɝt) *n.* 甜點
　free (fri) *adj.* 免費的　　serve (sɝv) *v.* 供應

JOJO'S BAR AND GRILL

Lunch

Chili Cheese Dog	$3.50
Turkey Burger	$4.25

Dinner

Roast Beef Platter	$7.50
Fried Chicken	$7.75

Sides

French Fries	$1.50
Cole Slaw	$1.75

Drinks

Beer	$3.00
Wine	$4.00

---

* chili (ˋtʃɪlɪ) *n.* 辣椒　　***chili cheese dog*** 起司辣熱狗堡
　turkey (ˋtɝkɪ) *n.* 火雞　　roast (rost) *adj.* 燒烤的

beef〔bif〕*n.* 牛肉　　platter〔'plætə〕*n.* 盤
roast beef platter 烤牛肉（拼）盤　　side〔saɪd〕*n.* 副食（= *side dish*）
cole slaw〔'kol͵slɔ〕*n.* 涼拌卷心菜　　drink〔drɪŋk〕*n.* 飲料
beer〔bɪr〕*n.* 啤酒　　wine〔waɪn〕*n.* 酒

2.（**A**）請再看圖片 A。大衛點了一份起司辣熱狗堡、薯條和一杯啤酒。
他總共付了多少錢？

　　A. <u>八塊錢。</u>　　　　　　　　B. 九塊五十分錢。

　　C. 十塊錢。　　　　　　　　　D. 十一塊五十分錢。

　　* order〔'ɔrdɚ〕*v.* 點（菜）　　cent〔sɛnt〕*n.* 分（貨幣單位）

第三題到第五題，請看圖片 B。

3.（**C**）這位男士正在做什麼？

　　A. 看電視。　　　　　　　　　B. 玩電動遊戲。

　　C. <u>看報紙。</u>　　　　　　　　　D. 洗碗。

　　* *video game* 電玩遊戲　　dish〔dɪʃ〕*n.* 碗盤

4.（**D**）請再看圖片 B。關於女士的描述何者正確？

　　A. 她有一頭長髮。　　　　　　B. 她正戴著眼鏡。

　　C. 她比男士還高。　　　　　　D. <u>她抽菸。</u>

　　* smoke〔smok〕*v.* 抽菸

5.（**B**）請再看圖片 B。哪一項敘述與圖片最相符？

　　A. 這男士在生氣。　　　　　　B. <u>這女士不高興。</u>

　　C. 這房間很凌亂。　　　　　　D. 這桌子上空無一物。

　　* match〔mætʃ〕*v.* 和…相符　　pleased〔plizd〕*adj.* 高興的
　　　cluttered〔'klʌtəd〕*adj.* 凌亂的　　bare〔bɛr〕*adj.* 空無一物的

第六題和第七題，請看圖片 C。

6.（**A**）這個標示的主要目的是什麼？

　　A. <u>防止未經許可的人進入工作場所。</u>

　　B. 警告一般大眾注意一個安全風險。

C. 要駕駛人注意路況。　　　D. 歡迎渡完長假回來的員工。

* main〔men〕*adj.* 主要的　　purpose〔'pɝpəs〕*n.* 目的
sign〔saɪn〕*n.* 標示；告示　　***keep…from*** 使…無法
unauthorized〔ʌn'ɔθə,raɪzd〕*adj.* 未經授權的
workshop〔'wɝk,ʃɑp〕*n.* 工作場所
the general public 一般大眾
hazard〔'hæzəd〕*n.* 危險　　***pay attention to*** 注意
employee〔,ɛmplɔɪ'i〕*n.* 員工　　entry〔'ɛntrɪ〕*n.* 進入
staff〔stæf〕*n.* 職員；工作人員

7. (**D**) 請再看圖片 C。在哪裡最有可能看到這個標示？

A. 在長途巴士上。　　　　　B. 在十字路口上。
C. 在大學的演講廳。　　　　D. 在工廠。

* intersection〔,ɪntə'sɛkʃən〕*n.* (十字) 路口
four-way intersection 十字路口　　distance〔'dɪstəns〕*n.* 距離
long-distance bus 長途巴士　　lecture〔'lɛktʃə〕*n.* 演講
hall〔hɔl〕*n.* 大廳　　factory〔'fæktrɪ〕*n.* 工廠

第八題和第九題，請看圖片 **D**。

8. (**C**) 誰會對這則公告最有興趣？

A. 棒球選手。　　　　　　　B. 製作披薩的人。
C. 大學生。
D. 只有主修英文的學生。

* ***be interested in*** 對…有興趣
notice〔'notɪs〕*n.* 公告　　pitch〔pɪtʃ〕*n. v.* 推銷
competition〔,kɑmpə'tɪʃən〕*n.* 競賽
prize〔praɪz〕*n.* 獎賞　　multiple〔'mʌltəpḷ〕*adj.* 多樣的
category〔'kætə,gorɪ〕*n.* 種類　　major〔'medʒə〕*n.* 主修學生
UCONN 康乃迪克大學 (= *University of Connecticut*)
level〔'lɛvḷ〕*n.* 程度　　campus〔'kæmpəs〕*n.* 校園
soda〔'sodə〕*n.* 汽水

9. (**C**) 請再看圖片 D。這則公告提供了什麼資訊？

A. 比賽的種類。　　　　　　B. 比賽的時間長度。
C. 比賽的日期和時間。　　　D. 參賽者的年齡限制。

　　* information〔,ɪnfə'meʃən〕*n.* 資訊
　　length〔lɛŋθ〕*n.*（時間的）長度　　date〔det〕*n.* 日期
　　limit〔'lɪmɪt〕*n.* 限制　　participant〔pə'tɪsəpənt〕*n.* 參加者

第十題和第十一題，請看圖片 **E**。

10.（ **A** ）你正面對這個路標。你對動物有興趣。你會在哪裡找到動物？

　　　A. 向左邊。　　　　　　　　B. 向右邊。
　　　C. 直直往前。　　　　　　　D. 在你的正後方。

　　* face〔fes〕*v.* 面對　　animal〔'ænəml〕*n.* 動物
　　straight〔stret〕*adv.* 直直地
　　ahead〔ə'hɛd〕*adv.* 向前方
　　directly〔də'rɛktlɪ〕*adv.* 直直地
　　arboretum〔,ɑrbə'ritəm〕*n.* 植物園
　　Oregon〔'ɔrɪ,gɑn〕*n.* 奧勒岡【美國的一個州】
　　veteran〔'vɛtərən〕*n.* 退伍軍人　　memorial〔mə'morɪəl〕*n.* 紀念館
　　forestry〔'fɔrɪstrɪ〕*n.* 森林學；林業
　　MAX station 輕軌捷運站【美國奧勒岡州所採用的捷運系統，MAX 全名
　　爲 Metropolitan Area Express】　　***Hwy 26*** 26 號公路（ = *highway 26* ）

11.（ **A** ）請再看圖片 E。在這個地方可以從事下列哪一項活動？

　　　A. 學習有關植物的知識。　　B. 在野外打獵。
　　　C. 露營以及釣魚。　　　　　D. 在海邊游泳。

　　* activity〔æk'tɪvətɪ〕*n.* 活動　　available〔ə'veləbl̩〕*adj.* 可獲得的
　　plant〔plænt〕*n.* 植物　　hunting〔'hʌntɪŋ〕*n.* 打獵
　　wild〔waɪld〕*n.* 野外　　camping〔'kæmpɪŋ〕*n.* 露營
　　fishing〔'fɪʃɪŋ〕*n.* 釣魚

第十二題和第十三題，請看圖片 **F**。

12.（ **B** ）我們可以從這個表格中知道什麼資訊？

United States Capitals			
State Flag	Capital Name	State Name	Time Zone
	Montgomery	Alabama	GMT-6
	Juneau	Alaska	GMT-9
	Phoenix	Arizona	GMT-7
	Little Rock	Arkansas	GMT-6
	Sacramento	California	GMT-8
Capitals and States Table			

　　　A. 每個州的位置。
　　　B. 每個州的首府。
　　　C. 每個州的人口數。
　　　D. 每個州的州長。

　　* table〔'tebḷ〕*n.* 表格　　location〔lo'keʃən〕*n.* 位置
　　state〔stet〕*n.* 州　　capital〔'kæpətḷ〕*n.* 首都；首府
　　population〔‚pɑpjə'leʃən〕*n.* 人口（總數）
　　governor〔'gʌvənə〕*n.* 州長

13. (**A**) 請再看圖片 F。下列哪一項敘述是正確的？

　　A. 小岩城是阿肯色州的首府。
　　B. 鳳凰城是亞利桑那州最大的城市。
　　C. 加州的州旗是藍色的。
　　D. 阿拉斯加州和阿拉巴馬州位於同一個時區。

　　* flag〔flæg〕*n.* 旗子　　***time zone*** 時區

第十四題和第十五題，請看圖片 G。

14. (**C**) 在低收入的族群中，最受歡迎的速食連鎖店是哪一家？

　　A. 麥當勞。
　　B. 溫蒂漢堡。
　　C. 肯德基。
　　D. 必勝客。

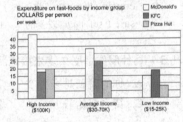

　　* popular〔'pɑpjələ〕*adj.* 受歡迎的
　　fast-food〔'fæst‚fud〕*adj.* 速食的
　　chain〔tʃen〕*n.* 連鎖店　　among〔ə'mʌŋ〕*prep.* 在⋯之中
　　income〔'ɪn‚kʌm〕*n.* 收入　　group〔grup〕*n.* 群
　　expenditure〔ɪk'spɛndɪtʃə〕*n.* 支出　　per〔pə〕*prep.* 每⋯
　　average〔'ævərɪdʒ〕*adj.* 一般的；普通的　　low〔lo〕*adj.* 低的

15. (**A**) 請再看圖片 G。哪一項敘述是正確的？

　　A. 高收入群比起其他族群花更多錢在速食上。
　　B. 高收入群喜歡肯德基，更甚於必勝客。
　　C. 在全部三個族群中，麥當勞是最不受歡迎的選項。
　　D. 在一般收入群當中，肯德基是最不受歡迎的選項。

　　* earner〔'ɜnə〕*n.* 賺錢的人　　spend〔spɛnd〕*v.* 花（錢）
　　prefer〔prɪ'fɜ〕*v.* 比較喜歡　　least〔list〕*adv.* 最少；最不
　　choice〔tʃɔɪs〕*n.* 選擇

第二部份：問答

16. (**A**) 傑克看起來很累。他昨天晚上一定又熬夜了。

  A. 當我半夜十二點去睡覺的時候，他還醒著。
  B. 當我經過的時候，他們正站在那裡。
  C. 一定是有事情把他給嚇跑了。
  D. 晚上比白天更常發生。

  * tired〔taɪrd〕adj. 疲倦的 **stay up** 熬夜
  midnight〔'mɪd,naɪt〕n. 半夜十二點 **walk by** 從旁邊走過
  scare sb. **away** 把某人嚇跑

17. (**A**) 我的表哥下禮拜會從台灣來拜訪我。

  A. 能再次見到他一定很棒。 B. 你下禮拜可以使用它。
  C. 我們全家都會到。 D. 注意安全，祝你旅途愉快。

  * cousin〔'kʌzn̩〕n. 堂（表）兄弟姊妹 visit〔'vɪsɪt〕n. 拜訪
  safe〔sef〕adj. 安全的 trip〔trɪp〕n. 旅行

18. (**B**) 爲什麼你這麼久才來接電話？

  A. 你的號碼是多少？ B. 我在洗手間。
  C. 待會打給我。 D. 他沒有給我答覆。

  * **take long** 花很久的時間 answer〔'ænsɚ〕v. 接（電話） n. 答覆
  phone〔fon〕n. 電話 number〔'nʌmbɚ〕n. 號碼
  bathroom〔'bæθ,rum〕n. 洗手間 later〔'letɚ〕adv. 待會

19. (**A**) 今天早上在銀行排隊的人很多嗎？

  A. 沒有，今天早上一點都不擁擠。
  B. 沒有，我先去了銀行。 C. 是的，他們造成很大的差別。
  D. 是的，這會花比較久的時間。

  * line〔laɪn〕n. （等待順序的）行列 bank〔bæŋk〕n. 銀行
  crowded〔'kraʊdɪd〕adj. 擁擠的 first〔fɜst〕adv. 最先
  difference〔'dɪfrəns〕n. 不同；差異

20. (**C**) 你很快就要去睡覺了嗎？

A. 今天是星期二。　　　　　　B. 待會見。

C. 等我看完這部電影。　　　　D. 在你來之前就有過幾次了。

* **go to bed** 上床睡覺　　soon〔sun〕*adv.* 不久；很快

finish〔'fɪnɪʃ〕*v.* 完成　　movie〔'muvɪ〕*n.* 電影

several〔'sɛvərəl〕*adj.* 幾個的　　time〔taɪm〕*n.* 次

21. (**D**) 你有去過新的圖書館了嗎？

A. 逾期還書的罰金要變高了。　B. 我才剛讀完。

C. 他們蓋了一棟新的圖書館。　D. 還沒，但我一直打算要去。

* yet〔jɛt〕*adv.* 已經【用於疑問句】

overdue〔'ovə'dju〕*adj.* 過期的；逾期未付（還）的

fine〔faɪn〕*n.* 罰金　　**go up** 提高

not yet 尚未；還沒　　**mean to V.** 打算做…

22. (**D**) 這個星期六你願意工作嗎？

A. 它是兼職的工作。　　　　　B. 我星期一晚上有課。

C. 對不起，我沒有看到。　　　D. 當然，我很樂意。

* willing〔'wɪlɪŋ〕*adj.* 願意的　　part-time〔'pɑrt,taɪm〕*adj.* 兼職的

job〔dʒɑb〕*n.* 工作

23. (**D**) 我們要在哪裡幫你慶生？

A. 我要二十三歲了。　　　　　B. 星期天六點。

C. 因為是我的生日。　　　　　D. 那間新開的法國餐廳如何？

* celebrate〔'sɛlə,bret〕*v.* 慶祝　　birthday〔'bɝθ,de〕*n.* 生日

French〔frɛntʃ〕*adj.* 法國的　　restaurant〔'rɛstərənt〕*n.* 餐廳

24. (**C**) 這台腳踏車是誰的？它已經停在那裡好幾個禮拜了。

A. 我不能留下來。　　　　　　B. 我不會去。

C. 我不知道。　　　　　　　　D. 我沒有離開。

* **belong to** 屬於　　sit〔sɪt〕*v.* 留在原處不動

stay〔ste〕*v.* 停留　　leave〔liv〕*v.* 離開

25. (**A**) 你上個週末去花蓮玩得如何？

A. <u>很棒。天氣很好。</u>　　　　　B. 有兩個。一個棕色一個白色。

C. 在花蓮。我們昨天晚上回來的。

D. 歡迎你來。人越多越歡樂。

* great〔gret〕*adj.* 極好的　　weather〔ˈwɛðɚ〕*n.* 天氣
  perfect〔ˈpɝfɪkt〕*adj.* 完美的　　merry〔ˈmɛrɪ〕*adj.* 歡樂的
  The more the merrier. 越多越歡樂；多多益善。

26.(**B**) 你比較想要靠走道還是靠窗戶的位子？

A. 有人擋在走道中間。　　　　　B. <u>我沒有特別的偏好。</u>

C. 給我一張後面的桌子。　　　　D. 我的椅背是豎直的。

* aisle〔aɪl〕*n.* 走道　　*aisle seat* 靠走道的座位
  window seat 靠窗戶的座位　　block〔blɑk〕*v.* 堵塞
  preference〔ˈprɛfərəns〕*n.* 比較喜歡；偏愛
  seat〔sit〕*n.* 座椅；座位　　upright〔ˈʌpˌraɪt〕*adj.* 筆直的；直立的
  position〔pəˈzɪʃən〕*n.* 位置；姿勢

27.(**A**) 哪一台公車會到格林威治村？

A. <u>535號。</u>　　　　　　　　　B. 每二十分鐘。

C. 在蘇利文街的轉角處。　　　　D. 搭計程車比較快。

* *Greenwich Village* 格林威治村【美國紐約市曼哈頓島西南部，為藝術家、
  作家聚集之地】
  corner〔ˈkɔrnɚ〕*n.* 轉角處　　street〔strit〕*n.* 街道
  fast〔fæst〕*adj.* 快速的　　taxi〔ˈtæksɪ〕*n.* 計程車

28.(**B**) 我覺得考試非常困難。

A. 我也不覺得。　　　　　　　　B. <u>我也覺得。</u>

C. 你先。　　　　　　　　　　　D. 我們等待。

* exam〔ɪgˈzæm〕*n.* 考試　　hard〔hɑrd〕*adj.* 困難的
  neither〔ˈniðɚ〕*adv.* 也（不）【接在否定句或子句之後】
  too〔tu〕*adv.* 也　　wait〔wet〕*v.* 等待

29.(**C**) 你有打算要參加慶典嗎？

A. 慶典禮拜天結束。　　　　　　B. 她心情愉悅。

C. <u>可能不會。</u>　　　　　　　　D. 它有時會發生。

* plan〔plæn〕v. 打算　　attend〔ə'tɛnd〕v. 參加
festival〔'fɛstəvl〕n. 節日；慶典　　end〔ɛnd〕v. 結束
festive〔'fɛstɪv〕adj. 節慶的；歡樂的　　mood〔mud〕n. 心情
probably〔'prɑbəblɪ〕adv. 可能　　*every so often* 有時

30. (**B**) 布里吉特，你看！帕克先生今天自己一個人坐耶。

　　A. 我沒有注意到。　　　　　　B. 我們邀請他加入我們吧。

　　C. 過來坐我旁邊。　　　　　　D. 自助餐廳總是擠滿了人。

* *by oneself* 獨自　　notice〔'notɪs〕v. 注意到　　ask〔æsk〕v. 邀請
join〔dʒɔɪn〕v. 加入　　*next to* 在…旁邊
cafeteria〔ˌkæfə'tɪrɪə〕n. 自助餐廳

第三部份：簡短對話

31. (**C**) 男：嗨，歡迎光臨戈登超市。有需要我幫忙嗎？
　　女：我不確定你能不能幫助我。我正在找甜羅勒。
　　男：噢，真對不起，但我們已經不賣新鮮的香料了。你應該去位於第
　　　　一大道的艾德有機專賣店找看看。
　　女：謝謝，我會去找看看的。但既然我已經在這裡了，你們有賣班與
　　　　傑利冰淇淋嗎？
　　男：我們當然有賣。在冷凍乳製品區第六走道的末端。
　　問：關於戈登超市，何者正確？

　　A. 他們沒有賣冰淇淋。　　　　B. 他們專門賣有機農產品。

　　C. 他們以前有賣新鮮的香料。　D. 他們位於第一大道。

* *look for* 尋找　　basil〔'bæzl〕n. 羅勒　　carry〔'kærɪ〕v. 出售
fresh〔frɛʃ〕adj. 新鮮的　　herb〔hɝb〕n. 草藥；香料
anymore〔ˈɛnɪˌmor〕adv.（已不）再
organic〔ɔr'gænɪk〕adj. 有機的　n. 有機食品（= *organic food*）
avenue〔'ævəˌnju〕n. 大道　　*ice cream* 冰淇淋
sure〔ʃur〕adv. 當然　　frozen〔'frozn〕adj. 冷凍的
dairy〔'dɛrɪ〕adj. 乳製品的　　section〔'sɛkʃən〕n. 區域
sell〔sɛl〕v. 賣　　specialize〔'spɛʃəlˌaɪz〕v. 專攻；專門處理 < in >
produce〔'prɑdjus〕n. 農產品　　*used to* 以前
located〔lo'ketɪd〕adj. 位於…的

32.(**A**) 女：比爾，如果你有興趣的話，這個週末在市政中心有旅遊博覽會。

男：吉娜，我有興趣，但我不會在城裡。

女：噢，真的嗎？你要去哪裡？

男：休斯頓。

女：去工作還是去玩？

男：兩者都有。我在那邊有一些客戶，而我姊姊住在離市中心約三十分鐘的舒格蘭。

問：我們知道有關於這位男士的什麼事？

A. 他有一個姐姐。　　　　　B. 他是旅遊業者。

C. 他討厭長途旅行。　　　　D. 他需要一份新工作。

* interested〔ˈɪntərɪstɪd〕*adj.* 感興趣的　　travel〔ˈtrævl〕*n.* 旅行 *v.* 旅遊
fair〔fɛr〕*n.* 博覽會；展示會　civic〔ˈsɪvɪk〕*adj.* 都市的
civic center（都市的）市政中心　weekend〔ˈwikˌɛnd〕*n.* 週末
town〔taʊn〕*n.* 城鎮；市區　***out of town*** 出城
Houston〔ˈhjustən〕*n.* 休士頓【美國德克薩斯州的第一大城】
business〔ˈbɪznɪs〕*n.* 工作　pleasure〔ˈplɛʒɚ〕*n.* 快樂；娛樂
account〔əˈkaʊnt〕*n.* 客戶
Sugar Land 舒格蘭【位於美國德克薩斯州、休士頓的西南】
outside of 在⋯之外　agent〔ˈedʒənt〕*n.* 代理人
travel agent 旅行業者　***long distance*** 長途；長程

33.(**B**) 男：你看得懂日文，不是嗎，梅根？

女：不完全是。我認得一些字，但還不能看懂完整的句子或是敘述。

男：我還以為一提到閱讀中文和日文，是同一件事。

女：它們共同使用某些基本的文字，例如像是數字方面，但它們是完全不同的語言。

男：我懂了。

問：這則對話暗示了關於梅根的什麼事？

A. 她會說德文。　　　　　　B. 她看得懂中文。

C. 她不會說英文。　　　　　D. 她不會說中文。

* Japanese〔ˌdʒæpəˈniz〕*n.* 日文　***not really*** 不完全是
recognize〔ˈrɛkəgˌnaɪz〕*v.* 認得　character〔ˈkærɪktɚ〕*n.* 文字
enough〔əˈnʌf〕*adj.* 足夠的　complete〔kəmˈplit〕*adj.* 完整的

statement〔'stetmənt〕*n.* 敘述　　***when it comes to*** 一提到
share〔ʃɛr〕*v.* 共享；共有　　basic〔'besɪk〕*adj.* 基本的
for instance 例如　　***where…be concerned*** 就有關於…而言
different〔'dɪfərənt〕*adj.* 不同的　　language〔'læŋgwɪdʒ〕*n.* 語言
I see. 我懂了。　　imply〔ɪm'plaɪ〕*v.* 暗示

34. (**A**) 男：今天外面這裡真是酷熱。
　　　女：就好像在烤箱裡一樣。
　　　男：他們說會下的雨到底在哪裡？
　　　女：我同意你的話，沒有錯啊？應該要下雨下一整個禮拜的。
　　　男：這就說明了那些天氣預報員到底懂些什麼了。
　　　女：或者更精確地說，他們所不懂的事。他們的氣象預報準過嗎？
　　　男：我爺爺以前都說，當他想要知道之後的天氣會是怎樣的時候，
　　　　　他就會打開窗戶。

　　　問：關於說話者，哪一項敘述是正確的？

　　　A. 兩個說話者都有注意天氣預報。
　　　B. 比起下雨，兩個說話者都比較喜歡溫暖的氣溫。
　　　C. 兩個說話者都不知道要如何做菜。
　　　D. 兩個說話者都不希望下雨。

　　* scorcher〔'skɔrtʃɚ〕*n.*【口】酷熱的日子
　　　oven〔'ʌvən〕*n.* 烤箱；爐子　　***I know, right?*** 我同意 (= *I agree.*)
　　　right 對吧；嗯【用於確認所言是否正確，或表示傾聽他人並表示接受或理解】
　　　be supposed to 應該要
　　　goes to show 足見；這說明了 (= *It goes to show* = *proves*)
　　　precisely〔prɪ'saɪslɪ〕*adv.* 精確地　　forecast〔'for,kæst〕*n.* 預報
　　　ever〔'ɛvɚ〕*adv.* 曾經　　accurate〔'ækjərɪt〕*adj.* 準確的
　　　temperature〔'tɛmpərətʃɚ〕*n.* 溫度；氣溫
　　　neither〔'niðɚ〕*adj.* 兩者都不…的

35. (**A**) 男：妳買了新的筆記型電腦嗎，達拉？
　　　女：我買了。它很棒吧？
　　　男：很棒。我喜歡這個顏色。妳花多少錢買的？
　　　女：我花了八千塊。
　　　男：聽起來好像很划算。

問：達拉買了什麼？

A. 她買了一台電腦。   B. 她買了一台電視。

C. 她買了一支手機。   D. 她買了一個電玩遊戲。

* laptop﹝'læp,tɑp﹞ *n.* 筆記型電腦   neat﹝nit﹞ *adj.*【口】很棒的
pretty﹝'prɪtɪ﹞ *adv.* 非常   cool﹝kul﹞ *adj.* 很棒的；酷的
pay﹝pe﹞ *v.* 支付   thousand﹝'θauznd﹞ *n.* 千
sound﹝saund﹞ *v.* 聽起來   deal﹝dil﹞ *n.* 交易
a good deal 划算的交易   computer﹝kəm'pjutɚ﹞ *n.* 電腦
cell phone 手機

36.(**A**) 女：你有聽到新聞嗎？麥莉・賽勒斯要來台北！

男：誰是麥莉・賽勒斯？

女：你在開玩笑嗎？！

男：沒有。我不知道妳在說的人是誰。

女：她是現在地球上真正最紅的流行音樂歌手。

男：喔，我沒有在關注流行音樂。

問：關於男士的敘述哪一項正確？

A. 他對流行音樂不感興趣。   B. 他不看報紙。

C. 他聽古典音樂。   D. 他喜歡講笑話。

* news﹝njuz﹞ *n.* 新聞   kid﹝kɪd﹞ *v.* 開玩笑
have no idea 不知道   only﹝'onlɪ﹞ *adv.* 真正地【強調所言恰當】
pop﹝pɑp﹞ *adj.* 流行的   star﹝stɑr﹞ *n.* 明星
planet﹝'plænɪt﹞ *n.* 行星【在此指「地球」】   *right now* 現在
music﹝'mjuzɪk﹞ *n.* 音樂   *classical music* 古典音樂
enjoy﹝ɪn'dʒɔɪ﹞ *v.* 喜歡   joke﹝dʒok﹞ *n.* 笑話

37.(**C**) 男：明天是我姊姊的生日，而我還沒有買要給她的禮物。

女：你最好現在去買。時間越來越晚了。所有的商店就快要關門了。

男：我不知道要買什麼給她。

女：嗯…送她她最喜歡的服飾店的禮券如何？

男：我考慮過了，但我不知道她都在哪裡買衣服。

女：嗯。問你媽媽。或許她會知道。

男：不，我想我會買一副耳環，還有一個可以搭配的手環給她。

女：你那樣絕對不會出錯。

問：這男士最有可能買什麼給他姐姐？

A. 衣服。　　　　　　　　　B. 香水。

C. 珠寶。　　　　　　　　　D. 鞋子。

* gift〔gɪft〕*n.* 禮物　　***had better*** 最好　　late〔let〕*adj.* 晚的
It's getting late. 時間越來越晚了。　　get〔gɛt〕*v.* 買
get sb. sth. 買某物給某人　　certificate〔sə'tɪfətɪt〕*n.* 證明書；證券
gift certificate 禮券　　favorite〔'fevrɪt〕*adj.* 最喜愛的
clothing〔'kloðɪŋ〕*n.* (集合稱) 衣服　　consider〔kən'sɪdə〕*v.* 考慮
clue〔klu〕*n.* 線索　　***don't have a clue*** 不知道 (= *don't know*)
shop〔ʃɑp〕*v.* 購物　　***shop for*** 購買　　clothes〔kloz〕*n. pl.* 衣服
pair〔pɛr〕*n.* 一對　　earring〔'ɪr,rɪŋ〕*n.* 耳環
matching〔'mætʃɪŋ〕*adj.* 相配的　　bracelet〔'breslɪt〕*n.* 手鐲；手環
go wrong 出錯；失敗　　likely〔'laɪklɪ〕*adv.* 可能
perfume〔'pɝfjum〕*n.* 香水　　jewelry〔'dʒuəlrɪ〕*n.* 珠寶

38.(**D**)　女：賈斯伯，你明天會在達人秀唱歌嗎？
男：不，莉茲，很遺憾我不會參加。我感冒了而且喉嚨有點痛。
女：真是太不幸了，賈斯。你或許有可能會得到第一名。
男：那倒未必。有很多有天分的年輕人參加。而且，去年是一
　　位歌手得到了第一名。他們從來沒有連續兩年從同個領域選出優
　　勝者。在這項比賽的歷史上從來沒有發生過這樣的事。
女：這挺有趣的。我之前都不知道。嗯，希望你早日康復。

問：為什麼賈斯伯不會去參加達人秀？

A. 他沒有被邀請。　　　　　B. 他要唸書準備考試。

C. 他不會在城裡。　　　　　D. 他生病了。

* talent〔'tælənt〕*n.* 才能；有才能的人
unfortunately〔ʌn'fɔrtʃənɪtlɪ〕*adv.* 不幸地；遺憾地
come down with 染上 (疾病)　　cold〔kold〕*n.* 感冒
a bit 有點　　sore〔sor〕*adj.* 疼痛的　　throat〔θrot〕*n.* 喉嚨
have a sore throat 喉嚨痛　　tough〔tʌf〕*adj.* 困難的；倒霉的
break〔brek〕*n.* 運氣　　***tough break*** 不幸 (= *a bit of bad luck*)
I don't know about that. 我可不這樣想；我不知道該怎麼說；那倒未必。
talented〔'tæləntɪd〕*adj.* 有才能的　　plus〔plʌs〕*conj.* 加上；而且
discipline〔'dɪsəplɪn〕*n.* 領域　　***in a row*** 連續地

history〔'hɪstrɪ〕*n.* 歷史　　interesting〔'ɪntrɪstɪŋ〕*adj.* 有趣的
take part in 參加　　invite〔ɪn'vaɪt〕*v.* 邀請　　ill〔ɪl〕*adj.* 生病的

39. (**C**)　男：幫我按照平常的方式剪，費歐娜。兩邊剪短，頭頂留長一點。

　　　　　女：脖子（的頭髮）要斜推嗎？

　　　　　男：你真了解我。

　　　　　女：我看到有些頭皮屑，查德。你有持續使用我推薦的潤髮乳嗎？

　　　　　男：老實說，有時有，有時沒有。我記得的時候，我會用它。

　　　　　女：我會給你做個熱油護髮。它可以濕潤頭皮並且去除頭皮屑。

　　　　　男：你說了算，費歐娜。只要讓我看來好看就行。

　　　　　問：這段對話發生在哪裡？

　　　　　A. 麵包店。　　　　　　　　　B. 服飾店。

　　　　　C. 美髮店。　　　　　　　　　D. 當舖。

* usual〔'juʒʊəl〕*adj.* 平常的　　***the usual*** 跟往常一樣（的東西或方式）
side〔saɪd〕*n.* 側；邊　　top〔tɑp〕*n.* 頭頂
taper〔'tepɚ〕*v.* 斜推；逐漸剪短　　***like a book*** 精確地；充分地
a bit of 一點　　dandruff〔'dændrəf〕*n.* 頭皮屑
conditioner〔kən'dɪʃənɚ〕*n.* 潤髮乳　　recommend〔ˌrɛkə'mɛnd〕*v.* 推薦
to be honest 老實說　　***yes and no*** 也不是　　oil〔ɔɪl〕*n.* 油
treatment〔'tritmɛnt〕*n.* 療程；處理
hot oil treatment 熱油（護髮）療程　　moisten〔'mɔɪsn̩〕*v.* 滋潤
scalp〔skælp〕*n.* 頭皮　　eliminate〔ɪ'lɪməˌnet〕*v.* 除去
flaking〔flek〕*n.* 剝落；屑屑　　***whatever you say*** 悉聽尊便；你說了算
take place 發生　　bakery〔'bekərɪ〕*n.* 麵包店
salon〔'sælɔn〕*n.* 美髮店　　pawnshop〔'pɔnˌʃɑp〕*n.* 當舖

40. (**A**)　女：東尼，我需要你幫我一個忙。

　　　　　男：當然沒問題，海蒂。任何妳需要幫忙的事，找我就對了。

　　　　　女：那幫我做兩件事。第一，打給傑克・漢森，告訴他將我們下
　　　　　　　禮拜的訂單加倍。

　　　　　男：我知道了。訂單加倍，下禮拜，傑克・漢森。

　　　　　女：然後打給羅莎・加西亞，告訴她將我們下禮拜的訂單取消。

　　　　　男：取消，訂單，下禮拜，羅莎・加西亞。好了！就這樣嗎？

　　　　　女：暫時是這樣，謝謝。我晚點可能會有些事情。

問：關於這位女士，這段對話暗示什麼？

A. 她是東尼的老闆。　　　　B. 她擔心銷售量不好。

C. 她今天晚一點會很忙。　　D. 她對她的員工很無禮。

* *do sb. a favor* 幫某人忙　　man〔mæn〕*n.* 最適合的人

make〔mek〕*v.* 使成為　　*make that sth.* 把某事變成；改成某事【用於

改變之前所說的話】　　double〔'dʌbl̩〕*v.* 使加倍

order〔'ɔrdɚ〕*n.* 訂單；訂購　　*Got it.* 知道了。

then〔bɔs〕*adv.* 然後　　cancel〔'kænsl̩〕*v.* 取消

done〔dʌn〕*adj.* 完成了的　　*Is that all?* 就這樣？；僅此而已？

for now 現在；暫時　　later〔'letɚ〕*v.* 較晚地　　boss〔bɔs〕*n.* 老闆

worried〔'wɝɪd〕*adj.* 擔心的　　poor〔pur〕*adj.* 不好的

sales〔selz〕*n.* 銷售量　　rude〔rud〕*adj.* 無禮的

employee〔ˌɛmplɔɪ'i〕*n.* 員工

41.(**D**) 男：你有去巴比的派對嗎？

女：沒有…

男：為什麼沒去？我聽說他的派對很瘋狂！

女：我父母不讓我去。

男：我父母也不讓我去。你的父母很嚴嗎？

女：不完全是。只是因為我現在才 17 歲，所以我還沒到可以喝酒的
　　年齡。他們不想要我惹上任何麻煩。我可以理解，你知道嗎？

男：嗯，而且我很確定他們知道在那些派對上會發生什麼事。而且，
　　一旦我們滿 18 歲，我們就會有很多時間可以參加派對。

問：下列哪項敘述是正確的？

A. 兩個談話者都已經超過 18 歲了。

B. 兩個談話者都有去派對。

C. 兩個談話者都沒有很嚴格的父母。

D. 兩個談話者都沒有參加派對。

* party〔'pɑrtɪ〕*n.* 派對　*v.* 參加派對　　crazy〔'krezɪ〕*adj.* 瘋狂的

mine〔maɪn〕*pron.* 我的…　　folks〔foks〕*n. pl.* 雙親（= *parents*）

strict〔strɪkt〕*adj.* 嚴格的　　enough〔ə'nʌf〕*adv.* 足夠地

drink〔drɪŋk〕*v.* 喝酒　　*get in trouble* 惹上麻煩

understand〔ˌʌndɚ'stænd〕*v.* 懂；了解　　yeah〔jɛ〕*adv.* 是的（= *yes*）

sure〔ʃur〕*adj.* 確信的　　*be aware of* 知道；察覺到　　*go on* 發生

plenty (ˈplɛntɪ) *n.* 豐富;多量　　***plenty of*** 很多的 (= *a lot of*)
once (wʌns) *conj.* 一旦　　turn (tɜn) *v.* 變成
following (ˈfɑloɪŋ) *adj.* 下面的　　speaker (ˈspikɚ) *n.* 說話者

42. (**A**) 女:喬,你已經開始在 Foogle 實習了嗎?
　　男:下禮拜開始,南西。
　　女:你很興奮嗎?
　　男:主要是很緊張,但也很興奮。
　　女:真是令人驚奇的機會!你將會和許多來自各式各樣背景,各種不同的人一起工作。
　　男:最重要的是,我可以得到在尖端科技公司工作的實際經驗。
　　女:那對你的履歷肯定有很大的幫助。

　　問:喬對於實習工作感覺如何?

A. 既焦慮又渴望。　　　　　B. 既漠不關心又邪惡。
C. 既失望又充滿希望。　　　D. 既好奇又堅決。

* internship (ˈɪntɜnˌʃɪp) *n.* 企業實習　　yet (jɛt) *adv.* 已經【用於疑問句】
excited (ɪkˈsaɪtɪd) *adj.* 興奮的　　mostly (ˈmostlɪ) *adv.* 主要地;大多
nervous (ˈnɜvəs) *adj.* 緊張的　　amazing (əˈmezɪŋ) *adj.* 驚人的
opportunity (ˌɑpɚˈtjunətɪ) *n.* 機會　　kind (kaɪnd) *n.* 種類
variety (vəˈraɪətɪ) *n.* 多樣性　　***a variety of*** 各式各樣的
background (ˈbækˌgraʊnd) *n.* 背景　　important (ɪmˈpɔrtn̩t) *adj.* 重要的
most important 最重要的是 (= *most importantly*)
hands-on (ˈhændzˈɑn) *adj.* 實際操作的
experience (ɪksˈpɪrɪəns) *n.* 經驗
cutting-edge (ˈkʌtɪŋˌɛdʒ) *adj.* 尖端的
technology (tɛkˈnɑlədʒɪ) *n.* 科技　　company (ˈkʌmpənɪ) *n.* 公司
resume (ˈrɛzjuˌme) *n.* 履歷　　***for sure*** 肯定地
anxious (ˈæŋkʃəs) *adj.* 焦慮的　　eager (ˈigɚ) *adj.* 渴望的
careless (ˈkɛrlɪs) *adj.* 不注意的;漠不關心的　　evil (ˈivl̩) *adj.* 邪惡的
disappointed (ˌdɪsəˈpɔɪntɪd) *adj.* 失望的
hopeful (ˈhopfəl) *adj.* 有希望的　　curious (ˈkjʊrɪəs) *adj.* 好奇的
determined (dɪˈtɜmɪnd) *adj.* 堅決的

43. (**C**) 女:好的,你這裡已經完成了。下一站,13 號窗口。給他們你的申請書,抽一張號碼牌,然後找位子坐下。

男：我需要做視力檢查嗎？

女：這次不用。每七年做一次。下次你要更新時，你就會被要求要做。今天你只需要麻煩一下接受筆試就可以了。

男：哇，這比我原先想的簡單多了。

女：如果你通過筆試，你的新駕照就會在十個工作天內寄到。祝你有個美好的一天。

問：這段對話最有可能發生在哪裡？

A. 教育部。　　　　　　　　　　B. 公共事務處。

C. 機動車輛管理局。　　　　　　D. 國稅局。

* done〔dʌn〕*adj.* 完成的　　stop〔stɑp〕*n.* 站
application〔͵æplə′keʃən〕*n.* 申請書　　*have a seat* 坐下
take〔tek〕*n.* 參加（考試）　　vision〔′vɪʒən〕*n.* 視力
vision test 視力測驗　　renew〔rɪ′nju〕*v.* 更新（證件）；更換（證件）
require〔rɪ′kwaɪr〕*v.* 要求　　*on the hook* 陷入困境或麻煩
written test 筆試　　provided〔prə′vaɪdɪd〕*conj.* 如果（= *if*）
pass〔pæs〕*v.* 通過　　license〔′laɪsns〕*n.* 執照　　mail〔mel〕*n.* 郵件
business day 工作日　　*take place* 發生　　ministry〔′mɪnɪstrɪ〕*n.* 部
department〔dɪ′pɑrtmənt〕*n.* 部；局；處　　affair〔ə′fɛr〕*n.* 事情；事務
motor〔′motɚ〕*adj.* 機動的；汽車的　　vehicle〔′viɪkl̩〕*n.* 車輛
tax〔tæks〕*n.* 稅　　administration〔əd͵mɪnə′streʃən〕*n.* 局

44.(**C**) 男：是甘迺迪女士嗎？

女：我就是。

男：我是庫柏通風系統公司的沃利·斯帕克斯。我們排定在明天下午幫你維修中央暖氣系統。

女：是的，沒錯。我會在這裡開門讓你們進來。

男：嗯，你知道啊，我們在時間的安排上有點衝突。如果不會造成你任何不方便的話，我們能夠改成早上去你那裡嗎？

女：我想這不會有什麼問題。事實上，那樣對我更方便。

男：太棒了！那麼我們大概會在十點左右到你那裡。

問：爲什麼沃利·斯帕克斯要打電話給甘迺迪女士？

A. 要提醒她她有逾期付款。　　　B. 要建議她解決問題的方法。

C. 要重新安排約定維修的時間。　D. 要賣給她一項新產品。

* ***Speaking***. 我就是。【用於講電話】
ventilation (ˌvɛntl̩'eʃən) *n.* 通風設備
schedule ('skɛdʒul) *v.* 排定　　service ('sɝvɪs) *v.* 保養檢修
central ('sɛntrəl) *adj.* 中央的　　heating ('hitɪŋ) *n.* 暖氣
system ('sɪstəm) *n.* 系統　　correct (kə'rɛkt) *adj.* 正確的
you see 你知道的【用於向他人解釋，並鼓勵他人傾聽與理解】
conflict ('kɑnflɪkt) *n.* 衝突　　***as long as*** 只要；如果
pose (poz) *v.* 引起；帶來（問題等）
inconvenience (ˌɪnkən'vinjəns) *n.* 不便；麻煩
instead (ɪn'stɛd) *adv.* 作為代替　　***in fact*** 事實上
work out 產生結果　　remind (rɪ'maɪnd) *v.* 提醒
remind sb. of sth. 提醒某人某事　　***late payment*** 逾期付款
suggest (səg'dʒɛst) *v.* 建議　　solution (sə'luʃən) *n.* 解決之道
reschedule (ri'skɛdʒul) *v.* 重新安排時間
appointment (ə'pɔɪntmənt) *n.* 約會　　product ('prɑdʌkt) *n.* 產品

45. (**C**) 女：傑夫最近好嗎？

男：他情況越來越好了。醫生說他最快今天傍晚就可以出院了。

女：哇，就他所經歷的事來說，那真是康復的很快。

男：是呀，這可算是個奇蹟。他很幸運可以在車禍中生還。

女：幸好他有繫上安全帶，對吧？

男：嗯，這就是我要說的。他並沒有繫安全帶。

問：傑夫發生了什麼事？

A. 他從梯子上被推下來。　　　　B. 他被沸騰的水潑到了。

C. <u>他在車禍中受傷了。</u>　　　　D. 他被水母螫傷了。

* release (rɪ'lis) *v.* 釋放　　***be released from the hospital*** 出院
remarkable (rɪ'mɑrkəbl̩) *adj.* 值得注意的；非凡的
recovery (rɪ'kʌvərɪ) *n.* 康復
considering (kən'sɪdərɪŋ) *prep.* 就…而論　　***go through*** 經歷
be something of 可算是　　miracle ('mɪrək!) *n.* 奇蹟
survive (sə'vaɪv) *v.* 自…中生還　　crash (kræʃ) *n.* （車子的）猛撞
good thing 值得慶幸的事
Good thing… 幸好…（ = It's a good thing…)
seat belt 安全帶（ = seatbelt ）　　***wear a seatbelt*** 有繫上安全帶
the thing 重要的事（或事實）（ = the point ）　　push (puʃ) *v.* 推
ladder ('lædə) *n.* 梯子　　douse (daʊs) *v.* （用水）潑

boiling〔ˋbɔɪlɪŋ〕*adj.* 滾燙的；煮沸的　　injure〔ˋɪndʒɚ〕*v.* 使受傷
auto〔ˋɔto〕*n.* 汽車　　accident〔ˋæksədənt〕*n.* 意外事故
sting〔stɪŋ〕*v.* 螫；刺　　jellyfish〔ˋdʒɛlɪˏfɪʃ〕*n.* 水母

二、閱讀能力測驗

第一部份：詞彙和結構

1. (**C**) 蒂娜沒有要效法她媽媽的<u>慾望</u>；她的願望是當幼稚園老師。

(A) despair〔dɪˋspɛr〕*n.* 絕望　　(B) denial〔dɪˋnaɪəl〕*n.* 否定

(C) *desire*〔dɪˋzaɪr〕*n.* 慾望　　(D) density〔ˋdɛnsətɪ〕*n.* 密度

* footstep〔ˋfʊtˏstɛp〕*n.* 腳步；足跡
follow in one's *footsteps* 步上某人的後塵；效法某人
aspiration〔ˏæspəˋreʃən〕*n.* 願望
kindergarten〔ˋkɪndɚˏgɑrtṇ〕*n.* 幼稚園

2. (**D**) 胖女孩要<u>兩份</u>食物，因為一份她不夠吃。

(A) racial〔ˋreʃəl〕*adj.* 種族的

(B) medical〔ˋmɛdɪkḷ〕*adj.* 醫學的

(C) crucial〔ˋkruʃəl〕*adj.* 決定性的；重要的

(D) *double*〔ˋdʌbḷ〕*adj.* 雙份的；兩倍的

* fat〔fæt〕*adj.* 肥胖的　　*ask for* 要求
helping〔ˋhɛlpɪŋ〕*n.* (食物的) 一人份

3. (**C**) 我們時常爭吵，因為我們就是跟對方不<u>合</u>。

(A) cautious〔ˋkɔʃəs〕*adj.* 小心的；謹慎的

(B) organized〔ˋɔrgənˏaɪzd〕*adj.* 有組織的；有計畫的

(C) *compatible*〔kəmˋpætəbḷ〕*adj.* 能共處的；能相容的
be compatible with sb. 與某人合得來

(D) commanding〔kəˋmændɪŋ〕*adj.* 有威嚴的

* argue〔ˋɑrgju〕*v.* 爭吵　　*all the time* 時常

4. (**A**) 她的美貌使她成為注目<u>焦點</u>。

(A) *focus*〔ˋfokəs〕*n.* 焦點　　(B) folk〔fok〕*n. pl.* 人們

(C) forerunner〔'fɔr,rʌnə〕 *n.* 先驅

(D) content〔'kɑntɛnt〕 *n.* 內容

* beauty〔'bjutɪ〕 *n.* 美貌　　attention〔ə'tɛnʃən〕 *n.* 注目；注意力

5. (**C**) 葡萄酒在準備好銷售之前，必須陳放五年。

(A) flash〔flæʃ〕 *v.* 閃爍

(B) advocate〔'ædvə,ket〕 *v.* 主張；提倡

(C) **age**〔edʒ〕 *v.* (葡萄酒等) 變陳；成熟

(D) affect〔ə'fɛkt〕 *v.* 影響；起作用

* wine〔waɪn〕 *n.* 葡萄酒　　**be ready to V.** 準備好要~

6. (**A**) 做白日夢是如此<u>不實際的</u>事。除非你讓自己的夢想成真，否則什麼都不會實現。

(A) **impractical**〔ɪm'præktɪkl̩〕 *adj.* 不實際的

(B) inseparable〔ɪn'sɛpərəbl̩〕 *adj.* 不可分開的

(C) indispensable〔,ɪndɪ'spɛnsəbl̩〕 *adj.* 不可或缺的；必要的

(D) impossible〔ɪm'pɑsəbl̩〕 *adj.* 不可能的

* daydream〔'de,drim〕 *v.* 做白日夢
  achieve〔ə'tʃiv〕 *v.* 達成；實現　　unless〔ən'lɛs〕 *conj.* 除非
  make one's **dream come true** 使夢想成真

7. (**B**) 我不喜歡買容易<u>皺</u>的衣服，因為我從來不燙衣服。

(A) fold〔fold〕 *v.* 折；疊　　　　(B) **wrinkle**〔'rɪŋkl̩〕 *v.* 起皺摺

(C) tailor〔'telə〕 *n.* 裁縫師　*v.* 縫製

(D) loosen〔'lusn̩〕 *v.* 鬆開

* iron〔'aɪən〕 *v.* 熨燙 (衣服)

8. (**D**) 你店內的展示<u>吸引起我的視線</u>。真是太漂亮了。

(A) put words in one's mouth 無中生有

(B) get carried away 沖昏頭　　　(C) get dolled up 梳妝打扮

(D) **catch** one's **eye** 吸引某人的視線

* display〔dɪ'sple〕 *n.* 陳列；展示　　**well done** 做得好

9. (**D**)　這一型的充電器將會<u>漸漸被淘汰</u>，被新型的取代。

(A) point to　指向　　　　　(B) pile up　推疊

(C) pass out　失去知覺　　　(D) *phase out*　逐步淘汰

* type〔taɪp〕*n.* 型；樣式　　charger〔'tʃɑrdʒɚ〕*n.* 充電器
replace〔rɪ'ples〕*v.* 取代　　model〔'mɑdḷ〕*n.* 型；款式

10. (**C**)　你不認為明天要<u>舉行</u>的會議極為重要嗎？

「會議」為事物，不會自己動作，須用被動語態，即「be + p.p.」，
故 (A)、(D) 不合；又不定詞可當形容詞修飾名詞，選 (C) *to be
held*，hold〔hold〕*v.* 舉行。

* conference〔'kɑnfərəns〕*n.* 會議　　importance〔ɪm'pɔrtṇs〕*n.* 重要性
of great importance　極為重要

11. (**C**)　<u>除了</u>瑪麗<u>之外</u>，沒有人知道如何操作這台老舊的打字機。

依句意，「除了」瑪麗「之外」，選 (C) *but*「除了…之外」，but 在
此為介系詞。而 (A) nor 常與 neither 或 not 連用，表「也不～」，
在此不合；(B) and「而且；然後」、(D) say「說」，皆不合句意。

* operate〔'ɑpə,ret〕*v.* 操作　　typewriter〔'taɪp,raɪtɚ〕*n.* 打字機

12. (**C**)　他們是負責在實驗室裡做研究的研究生助理。

依句意，「研究生助理的」責任是在實驗室裡做研究，用所有格
關代來引導形容詞子句，選 (C) *whose*。

* graduate〔'grædʒuɪt〕*adj.* 研究生的　　assistant〔ə'sɪstənt〕*n.* 助理
responsibility〔rɪ,spɑnsə'bɪlətɪ〕*n.* 責任；負責
research〔rɪ'sɝtʃ〕*n.* 研究　　*do the research*　做研究
lab〔læb〕*n.* 實驗室（= *laboratory*）

13. (**B**)　雖然他確定自己的英文是對的，但是他無法讓自己<u>被理解</u>。

make oneself *understood*　使他人了解自己的想法

* though〔ðo〕*conj.* 雖然　　*be sure of*　對～確定

14. (**D**)　A：你今天晚上有空嗎？我可以請你吃晚餐嗎？

B：謝謝你的詢問，但是我已經有約會了。<u>可以約改天嗎？</u>

(A) 我的收支無法平衡。　　***make (both) ends meet*** 使收支平衡

(B) 我洗耳恭聽。　　***be all ears*** 專注地聽

(C) 告訴我何時。

(D) 可以改天嗎？　　***rain check*** *n.* 改日的邀請

* free〔fri〕*adj.* 有空的　　treat〔trit〕*v.* 招待；請客

15. (**D**) 編輯的修訂沒有一個被加到最後的草稿中。

依句意，選 (D) ***None***「（…中）沒有…」。而 (A) no「不」，不合句意；(B) nor 常與 neither 或 not 連用，表「既不…也不～」，(C) not 常與 be 動詞或助動詞連用，表「否定」，在此皆不合。

* editor〔'ɛdɪtə〕*n.* 編輯　　revision〔rɪ'vɪʒən〕*n.* 修訂；校正
final〔'faɪn!〕*adj.* 最後的　　draft〔dræft〕*n.* 草稿

第二部份：段落填空

第 16 至 20 題

　　鐵達尼號是英國白星航運公司的輪船。1912 年四月十四日的晚上，在從英國到紐約市的處女航中，它撞上冰山而沉沒。這場悲劇發生於紐約市東北方約1600 哩處。

　　鐵達尼號在快撞上冰山前看到冰山，但是為時已晚，無法閃避。專家們曾經認為這艘船是不會沉沒的，但是這個撞擊將船身撞裂了一道 300 呎的裂痕。約 2,200 個人當中，救生艇僅載了少於一半的人數，大部份是女士和小孩。這艘船在大約兩個小時內沉沒。卡柏菲亞號郵輪救起了 705 名生還者。

* steamer〔'stimə〕*n.* 輪船　　line〔laɪn〕*n.* 運輸公司
iceberg〔'aɪs,bɝg〕*n.* 冰山　　sink〔sɪŋk〕*v.* 沉沒
tragedy〔'trædʒədɪ〕*n.* 悲劇　　occur〔ə'kɝ〕*v.* 發生
northeast〔,nɔrθ'ist〕*adv.* 在東北方　　sight〔saɪt〕*v.* 看見
collision〔kə'lɪʒən〕*n.* 碰撞　　expert〔'ɛkspɝt〕*n.* 專家
unsinkable〔ʌn'sɪŋkəb!〕*adj.* 不會沈的　　tear〔tɛr〕*v.* 撕裂
foot〔fʊt〕*n.* 呎　　gash〔gæʃ〕*n.* 切痕　　hull〔hʌl〕*n.* 船身

lifeboat〔'laɪfˌbot〕*n.* 救生艇　　hold〔hold〕*v.* 容納
approximately〔ə'prɑksəmɪtlɪ〕*adv.* 大約　　***take on*** 承載
liner〔'laɪnɚ〕*n.* 大型郵輪　　survivor〔sə'vaɪvɚ〕*n.* 生還者

16. (**B**) 依句意，選 (B) ***during***「在…期間」。而 (A) while「與…同時」，
　　　(C) for「爲了」，(D) when「當」，皆不合句意。

17. (**D**) (A) slip〔slɪp〕*v.* 使滑動　　　　(B) greet〔grit〕*v.* 問候
　　　(C) bump〔bʌmp〕*v.* 使衝撞；撞傷
　　　(D) ***strike***〔straɪk〕*v.* 偶然遇到；撞到【三態變化：strike-struck-
　　　　　stricken】

18. (**C**) (A) ignore〔ɪg'nor〕*v.* 忽視　　　(B) annoy〔ə'nɔɪ〕*v.* 使惱怒
　　　(C) ***avoid***〔ə'vɔɪd〕*v.* 避開；避免　(D) defend〔dɪ'fɛnd〕*v.* 防禦

19. (**A**) (A) ***mostly***〔'mostlɪ〕*adv.* 大部份地；主要地
　　　(B) especially〔ə'spɛʃəlɪ〕*adv.* 特別地
　　　(C) considerably〔kən'sɪdərəblɪ〕*adv.* 非常地；相當地
　　　(D) plentifully〔'plɛntɪfəlɪ〕*adv.* 充足地；富裕地

20. (**D**) (A) pick〔pɪk〕*v.* 挑選　　　　(B) pick over 檢查挑選
　　　(C) 無此用法　　　　　　　　　(D) ***pick up*** 撿起；救起

第 21 至 25 題

　　水果酒通常都是由葡萄果肉發酵而成的，<u>不過傳統上來說</u>，水果酒也會用
　　　　　　　　　　　　　　　　　　　21
其他許多種水果製成。紅酒是帶皮葡萄的<u>產物</u>；白酒來自葡萄裡面的果肉；而
　　　　　　　　　　　　　　　　　22
玫瑰紅酒則是由初次壓榨後的紅葡萄製成。<u>至於</u>乾葡萄酒，發酵時間可以比甜
　　　　　　　　　　　　　　　　　　　23
酒或是半乾葡萄酒還要長。

　　當香檳在發酵時會自然起泡，但是其他的發泡水果酒，都是以<u>人工</u>添加二
　　　　　　　　　　　　　　　　　　　　　　　　　　　　24
氧化碳來的。有些水果酒會額外添加<u>不同來源</u>的酒精，以及防腐劑。後者部分
　　　　　　　　　　　　　　25
可能會造成危險的副作用。

* *be made from* 由…製成　ferment (fɜˋmɛnt) *v.* 使發酵

pulp (pʌlp) *n.* 果肉　traditionally (trəˋdɪʃənlɪ) *adv.* 傳統上

skin (skɪn) *n.* 果皮　inner (ˋɪnɚ) *adj.* 內部的

rosé (roˋse) *n.* 玫瑰紅酒　pressing (ˋprɛsɪŋ) *n.* 壓榨物

dry (draɪ) *adj.* 不甜的（酒）　*dry wine* 乾葡萄酒【甜度低的葡萄酒】

fermentation (ˌfɜmənˋteʃən) *n.* 發酵作用　*go on* 繼續

medium (ˋmidɪəm) *n.* 半乾葡萄酒　champagne (ʃæmˋpen) *n.* 香檳

naturally (ˋnætʃərəlɪ) *adv.* 自然地　bubble (ˋbʌbḷ) *v.* 起泡

sparkling (ˋspɑrklɪŋ) *adj.* 起泡的

carbonate (ˋkɑrbəˌnet) *v.* 使含二氧化碳

fortify (ˋfɔrtəˌfaɪ) *v.* 加強；添加

additional (əˋdɪʃənḷ) *adj.* 附加的；額外的

alcohol (ˋælkəˌhɔl) *n.* 酒精　obtain (əbˋten) *v.* 獲得

source (sɔrs) *n.* 來源　preservative (prɪˋzɜvətɪv) *n.* 防腐劑

effect (əˋfɛkt) *n.* 作用　*side effect* 副作用

21. (**D**) 依句意，選 (D) *although*「雖然；不過」，表「轉折、讓步」的語氣。(A) so「所以」，(B) as「如同」，(C) unless「除非」，皆不合句意。

22. (**B**) (A) subject (ˋsʌbdʒɪkt) *n.* 主題；題材
(B) *product* (ˋprɑdəkt) *n.* 產品　(C) object (ˋɑbdʒɪkt) *n.* 物體
(D) conduct (ˋkɑndʌkt) *n.* 行為；舉動

23. (**B**) *For* 可表「關於…」，選 (B)。而 (A) if「如果」，(C) as「如同」，(D) to「為了」，則不合句意。

24. (**A**) (A) *artificially* (ˌɑrtəˋfɪʃəlɪ) *adv.* 人工地
(B) carelessly (ˋkɛrlɪslɪ) *adv.* 粗心地
(C) attractively (əˋtræktɪvlɪ) *adv.* 吸引人地
(D) tastefully (ˋtestfəlɪ) *adv.* 有品味地；高雅地

25. (**B**) (A) elegant (ˋɛləgənt) *adj.* 優美的
(B) *various* (ˋvɛrɪəs) *adj.* 不同的　(C) vacant (ˋvekənt) *adj.* 空的
(D) marvelous (ˋmɑrvḷəs) *adj.* 非凡的

第三部份：閱讀理解

第 26 至 27 題

彎樹國家公園

　　這個五十平方公里的公園，對於健行初學者和經驗豐富的露營者來說，具有各種不同的吸引力。山路從很好走的到挑戰性高的都有，對於一日健行或是多日旅行都很理想。彎樹河也很適合泛舟或划獨木舟。船隻可在遊客中心租借。該中心的營業時間是每日上午七點至下午九點。公園的入場費為小客車十元，露營用汽車二十元，觀光巴士五十元。在指定的營區露營是免費的，但是需要許可證（可在遊客中心取得），建議先預約。

---

* bend〔bɛnd〕v. 彎曲　　national〔'næʃənḷ〕adj. 國家的
square〔skwɛr〕adj. 平方的　　offer〔'ɔfə〕v. 設有；提供
attraction〔ə'trækʃən〕n. 吸引人之物　　novice〔'nɑvɪs〕n. 初學者
hiker〔'haɪkə〕n. 健行者　　seasoned〔'siznd〕adj. 經驗豐富的
camper〔'kæmpə〕n. 露營者　　trail〔trel〕n. 小徑
range〔rendʒ〕v. 範圍　　*range from A to B* 範圍從 A 到 B 都有
challenging〔'tʃælɪndʒɪŋ〕adj. 有挑戰性的　　perfect〔'pɜfɪkt〕adj. 理想的
multi- 為表 many 的字首　　trek〔trɛk〕n.（長而艱辛的）旅行
suitable〔'sjutəbḷ〕adj. 適合的　　rafting〔'ræftɪŋ〕n. 乘筏泛舟
kayaking〔'kaɪækɪŋ〕n. 單人雙槳小船　　*for rent* 出租的
admission〔əd'mɪʃən〕n. 入場費　　*camper van* 露營用汽車
tour bus 觀光巴士　　designated〔'dɛzɪg,netɪd〕adj. 指定的
campsite〔'kæmp,saɪt〕n. 露營區　　permit〔'pɜmɪt〕n. 許可證
reservation〔,rɛzə'veʃən〕n. 預約　　recommend〔,rɛkə'mɛnd〕v. 建議

26. (**D**) 公園裡主要的活動是什麼？
    (A) 觀賞動物。　　　　　　(B) 航行。
    (C) 爬山。　　　　　　　　(D) 健行。
    * sail〔sel〕v. 航行

27. (**C**) 關於在公園裡露營，何者正確？

    (A) 露營者可以在任何自己喜歡的地方露營。

    (B) 露營是免費的，但是預約需花十元。

    (C) <u>露營者必須在遊客中心登記。</u>

    (D) 露營者必須在抵達公園之前訂位。

    * *be free to V.* 自由從事~　　register (ˈrɛdʒɪstɚ) *v.* 登記
    reserve (rɪˈzɝv) *v.* 預訂

第 28 至 30 題

<hr>

栗子濃湯

材料

洋蔥一大顆

芹菜兩枝

奶油一百公克

十到十五顆栗子，對半切

雞湯五百毫升

西洋芹

鮮奶油

烹調

將洋蔥和芹菜切碎，用奶油爆香。加入栗子及雞湯。熬
煮三十分鐘。再從爐子上移開，攪拌均勻。用西洋芹及
一匙鮮奶油作裝飾。

<hr>

* chestnut (ˈtʃɛs͵nʌt) *n.* 栗子　　ingredient (ɪnˈgridɪənt) *n.* 材料
onion (ˈʌnjən) *n.* 洋蔥　　stalk (stɔk) *n.* 莖；葉柄
celery (ˈsɛlərɪ) *n.* 芹菜　　butter (ˈbʌtɚ) *n.* 奶油
halve (hæv) *v.* 二等分；對半切　　stock (stɑk) *n.* 原湯
chicken stock 雞湯　　parsley (ˈpɑrslɪ) *n.* 西洋芹
cream (krim) *n.* 鮮奶油　　preparation (͵prɛpəˈreʃən) *n.* 準備；烹調
chop (tʃɑp) *v.* 切　　sauté (soˈte) *v.* 爆炒

remove〔rɪˋmuv〕v. 移開　　heat〔hit〕n. 爐子

blend〔blɛnd〕v. 混合　　smooth〔smuð〕adj. 均勻的

garnish〔ˋgɑrnɪʃ〕v. 裝飾　　spoonful〔ˋspun͵ful〕n. 一湯匙的量

28. (**C**) 這份食譜的重要食材是什麼？

　　(A) 洋蔥。　　　(B) 芹菜。　　　(C) 栗子。　　　(D) 雞。

　　* key〔ki〕adj. 基本的；重要的　　recipe〔ˋrɛsəpɪ〕n. 食譜

29. (**B**) 這道菜以何種方式呈現？

　　(A) 放在一碗西洋芹裡。　　　(B) 熱的。

　　(C) 冷的。　　　　　　　　　(D) 生的。

　　* serve〔sɝv〕v. 端出；上菜　　bowl〔bol〕n. 碗　　raw〔rɔ〕adj. 生的

30. (**A**) "garnish" 在這裡是什麼意思？

　　(A) 裝飾。　　(B) 端出。　　(C) 包含。　　(D) 烹煮。

　　* decorate〔ˋdɛkə͵ret〕v. 裝飾

第 31 至 34 題

　　　　商務旅客和其他的乘客，現在可以把原本要在醫生診所裡接受流感疫苗注射的時間節省下來，改在機場注射。美國有好幾個機場，包括亞特蘭大和芝加哥的機場，已開始協助繁忙的旅客，為即將到來的流感季加強準備。為了方便，現在注射亭就設於登機門附近，每次注射收費十五至三十五元不等。這很適合難以騰出時間去看醫生的忙碌主管。由於迷你診所已將注射作業移到登機門旁的安全檢查站，所以這種通常只要花幾分鐘時間的注射方式，變得更受歡迎。根據一家診所經理的說法，以前旅客會擔心無法及時通過安全檢查，趕上飛機。現在憂慮消除了。在未來，機場診所可能會提供額外的服務，像高血壓和膽固醇的檢查，以及更多種疫苗接種。

* business (ˈbɪznɪs) *adj.* 商務的　　traveler (ˈtrævlɚ) *n.* 旅行者

flyer (ˈflaɪɚ) *n.* 飛行員；乘客 (= *passenger*)

flu (flu) *n.* 流行性感冒 (= *influenza*)　　shot (ʃat) *n.* 注射

Atlanta (ətˈlæntə) *n.* 亞特蘭大　　*gear up for* 為…而加強準備

approach (əˈprotʃ) *v.* 接近　　*fast approaching* 即將來臨的

season (ˈsizn̩) *n.* 季；時期　　kiosk (kɪˈask) *n.* 小亭

located (loˈketɪd) *adj.* 位於～的　　gate (get) *n.* 登機門

suit (sjut) *v.* 適合　　executive (ɪgˈzɛkjutɪv) *n.* 主管；高級官員

make time 騰出時間　　visit (ˈvɪzɪt) *n.* 拜訪；就診

typically (ˈtɪpɪkl̩ɪ) *adv.* 通常　　*now that* 既然；因為

mini (ˈmɪnɪ) *adj.* 迷你的；小型的　　clinic (ˈklɪnɪk) *n.* 診所

operation (ˌapəˈreʃən) *n.* 作業　　*gate-side* 登機門旁

security (sɪˈkjurətɪ) *n.* 安全；安全措施

checkpoint (ˈtʃɛkˌpɔɪnt) *n.* (通行) 檢查站　　*according to* 根據

get through 通過　　*in time* 及時　　make (mek) *v.* 趕上

gone (gɔn) *adj.* 消失的　　additional (əˈdɪʃən̩l) *adj.* 額外的

service (ˈsɝvɪs) *n.* 服務　　*high blood pressure* 高血壓

cholesterol (kəˈlɛstəˌrol) *n.* 膽固醇　　*as well as* 以及

vaccination (ˌvæksn̩ˈeʃən) *n.* 疫苗接種；預防注射

31. (**C**) 本文目的為何？

(A) 為了告訴旅客如何接受免費的流感注射。

(B) 為了告知旅客流感注射是必要的。

(C) 為了告訴旅客關於機場的新服務。

(D) 為了提醒旅客流感季節快到了。

* purpose (ˈpɝpəs) *n.* 目的　　inform (ɪnˈfɔrm) *v.* 告知

required (rɪˈkwaɪrd) *adj.* 必要的　　remind (rɪˈmaɪnd) *v.* 提醒

32. (**A**) 誰可能對此項服務最有興趣？

(A) 繁忙的人。　　　　　　(B) 罹患流感的人。

(C) 有高血壓的人。　　　　(D) 飛機駕駛員和全體機員。

* sufferer (ˈsʌfərɚ) *n.* 患病者　　pilot (ˈpaɪlət) *n.* 飛機駕駛員

crew (kru) *n.* 全體機員；空勤人員

33. (**D**) 哪個詞組的意思與 "gear up" 最接近？

    (A) 快速移動。   (B) 小心謹慎。

    (C) 了解。   (D) <u>做好準備。</u>

    * phrase (frez) *n.* 片語；詞組   cautious (ˈkɔʃəs) *adj.* 小心的；謹慎的
    learn about 了解；學會

34. (**D**) 迷你診所在哪裡？

    (A) 在每個登機門旁邊。   (B) 在機場前面。

    (C) 在安全檢查站的入口處。   (D) <u>在登機門與安全檢查站之間。</u>

    * entrance (ˈɛntrəns) *n.* 入口；門口

第 35 至 37 題

親愛的帕克先生：

    我們很高興您將出席四月五日至七日的小型企業主會議。隨函您會看到所有會議事項及活動的預定表。參加任何會議不需要預約，但是我非常建議您這麼做。過去某些熱門的研討會，像是「稅務」和「家庭辦公室」，常常人數過多。我們不想要拒絕人，但是如果參加人數超過二十人，研討會的效果會不好。因此，我建議您填寫同樣隨本函附寄的預約卡，標示您想參加的研討會。當然，參加專題演講或其他所有的會議報告，不必預約。

    期待在會議中見到您。若您需要任何安排住宿的協助，我將很樂意幫助您。

                                 行政助理

                                   茱莉・安樂森

                                   敬上

* owner (ˈonɚ) *n.* 物主；所有者   conference (ˈkɑnfərəns) *n.* 會議

enclose〔ɪn'kloz〕v.（隨函）附寄　event〔ɪ'vɛnt〕n. 事件

space〔spes〕n. 座位　function〔'fʌŋkʃən〕n. 集會；招待會

highly〔'haɪlɪ〕adv. 非常　past〔pæst〕adj. 過去的

workshop〔'wɝk,ʃɑp〕n. 研討會　tax〔tæks〕n. 稅

matter〔'mætɚ〕n. 問題；事情

consistently〔kən'sɪstəntlɪ·〕adv. 一直；常常

oversubscribed〔'ovɚsəb'skraɪbd〕adj. 報名人數過多的

turn away 使離開；拒絕　effective〔ə'fɛktɪv〕adj. 有效果的

participant〔pɑ'tɪsəpənt〕n. 參加者　**fill out** 填寫

indicate〔'ɪndə,ket〕v. 指出；標示

keynote〔'ki,not〕n.（演說等的）主題；要旨

address〔'ædrɛs , ə'drɛs〕n. 演說；演講

presentation〔,prɛzn̩'teʃən〕n. 報告；簡報

look forward to V-ing 期待~　assistance〔ə'sɪstəns〕n. 協助

arrange〔ə'rendʒ〕v. 安排

accommodation〔ə,kɑmə'deʃən〕n. 住宿設備　most〔most〕adv. 非常

oblige〔ə'blaɪdʒ〕v. 幫忙　sincerely〔sɪn'sɪrlɪ〕adv. 敬上

executive〔ɪg'zɛkjutɪv〕adj. 行政的

35.(**C**) 除了帕克先生，誰可能會收到這封信？

(A) 主講者。　　　　　　(B) 茱莉‧安樂森。

(C) <u>小型企業主。</u>　　　　(D) 帕克先生的員工。

36.(**D**) 這封信要帕克先生做什麼？

(A) 預訂飯店。　　　　　　(B) 捐助會議。

(C) 在熱門的研討會中發言。　(D) <u>填寫回函卡。</u>

* subscribe〔səb'skraɪb〕v. 捐助 <*to*>　**fill in** 填寫

　response〔rɪ'spɑns〕n. 回答；回應　**response card** 回函卡

37.(**C**) 安樂森女士有什麼提議？

(A) 讓帕克先生暫住她家。　　(B) 給帕克先生折扣。

(C) <u>幫帕克先生找飯店。</u>

(D) 在所有的會議報告中幫帕克先生保留位子。

* offer〔'ɔfɚ〕v. 提供；提議　discount〔'dɪskaunt〕n. 折扣

<u>第 38 至 40 題</u>

> 　　美國奧杜邦學會是一個愛鳥團體，每年十二月都會進行全國性的鳥口調查。在美國及加拿大超過一千多個地方，熱誠的鳥類觀察家，會花上漫長的一天，儘可能地辨認方圓十五哩內鳥類的種類。
>
> 　　這個為期一天的數鳥活動被稱為「觀鳥」，規則是，鳥兒們必須是在這個全國性數鳥活動當天被看見的，而且必須在這個十五哩的區域內。各個觀鳥者的隊伍在所屬的區域裡散開，坐汽車和吉普車、搭船和沼澤地帶專用車，還有步行展開調查。
>
> 　　這個數鳥活動能幫助奧杜邦學會知道，哪些鳥類數量在增加、哪些在減少。如果某種鳥類在連續幾年的觀察下數量大幅下降，保育人士就知道，該鳥類正處於絕種的危險當中，並且需要被保護。

* Audubon〔'ɔdə,bɑn〕*n.* 奧杜邦【美國的鳥類學家、畫家，以及博物學家】
  society〔sə'saɪətɪ〕*n.* 社會；學會；團體
  The National Audubon Society 美國奧杜邦學會【為全球最大且最具行動力
  　及公信力的環保團體之一，其主要目標是保育及復育自然生態體系】
  conduct〔kən'dʌkt〕*v.* 進行；實施
  nationwide〔'neʃən,waɪd〕*adj.* 全國性的
  count〔kaʊnt〕*n.* 數；計算　　*bird count* 鳥口調查
  dedicated〔'dɛdə,ketɪd〕*adj.* 獻身的；熱誠的
  a bird-watcher 鳥類觀察家　　identify〔aɪ'dɛntə,faɪ〕*v.* 鑑定；分辨
  as…as one can 儘可能地…　　circle〔'sɝkl̩〕*n.* 圓周
  rule〔rul〕*n.* 規矩；規則　　birding〔'bɝdɪŋ〕*n.* 觀鳥
  be called 被稱為　　birder〔'bɝdə〕*n.* 觀鳥人
  spread out 散開；展開　　jeep〔dʒip〕*n.* 吉普車
  marsh〔mɑrʃ〕*n.* 沼澤地帶　　buggy〔'bʌgɪ〕*n.* 四輪車；專用小車
  on foot 步行　　increase〔ɪn'kris〕*v.* 增加
  decrease〔dɪ'kris〕*v.* 減少　　certain〔'sɝtn̩〕*adj.* 某一的；特定的
  species〔'spiʃɪz〕*n.* (動植物分類上的) 種【單複數同型】
  go down 下降　　way〔we〕*adv.* 非常　　*in a row* 連續地

conservationist〔͵kɑnsəˈveʃənɪst〕*n.* 保育人士

in danger of 處於～危險中　　extinct〔ɪkˈstɪŋkt〕*adj.* 絕種的

38.(**D**) 本文有下列何種暗示？

(A) 美國奧杜邦學會幫助保育人士繁殖瀕臨絕種的鳥類。

(B) 美國奧杜邦學會將把某些區域內的鳥嚇走。

(C) 觀鳥活動在全世界各地實行。

(D) <u>一旦鳥類被認為處於絕種的危險當中，保育人士就會開始保護</u>
<u>　 他們。</u>

＊ breed〔brid〕*v.* 繁殖；飼養

endangered〔ɪnˈdendʒəd〕*adj.* 瀕臨絕種的　　***scare away*** 嚇走

carry out 實行；執行　　extinction〔ɪkˈstɪŋkʃən〕*n.* 滅絕

39.(**D**) 美國奧杜邦學會的成員

(A) 計算美國與加拿大的鳥類總數。

(B) 全都是美國人和加拿大人。

(C) 一整年都致力於鳥口調查的工作中。

(D) <u>以搭車或搭船或步行的方式執行他們的任務。</u>

＊ ***all the year around*** 一整年　　perform〔pəˈfɔrm〕*v.* 執行

duty〔ˈdjutɪ〕*n.* 任務

40.(**C**) 本文最佳的標題是

(A) 美國奧杜邦學會。　　　(B) 幫獵人標記鳥類。

(C) <u>年度鳥口調查。</u>　　　　　(D) 增加鳥類總數。

＊ tag〔tæg〕*v.* 給…加上標籤　　hunter〔ˈhʌntə〕*n.* 獵人

annual〔ˈænjuəl〕*adj.* 年度的

population〔͵pɑpjəˈleʃən〕*n.*（生物）總數

中級英語檢定模擬試題 ② 詳解

第一部份：看圖辨義

第一題和第二題，請看圖片 A。

1.(**A**) 下列關於 ESPRESSO BAR 的敘述哪一項是正確的？

A. <u>他們沒有提供茶飲。</u>

B. 每種飲料都在四美元以內。

C. 所有的飲料都有加牛奶。

D. 只有兩種尺寸。

ESPRESSO BAR			
	SMALL	MEDIUM	LARGE
RIVER ROAD MOCHA	$3.10	$3.60	$4.10
VANILLA LATTE	$2.90	$3.40	$3.90
CAFE MOCHA	$3.00	$3.50	$4.00
WHITE MOCHA	$3.10	$3.60	$4.10
CAFE LATTE	$2.60	$3.10	$3.60
CAPPUCCINO	$2.60	$3.10	$3.60
AMERICANO	$1.75	$2.00	$2.25
ESPRESSO	$1.40	$1.60	

* statement (ˈstetmənt) *n.* 敘述
espresso (ɛsˈprɛso) *n.* 濃縮咖啡
bar (bɑr) *n.* 酒吧；吧檯
serve (sɝv) *v.* 供應　　drink (drɪŋk) *n.* 飲料
contain (kənˈten) *v.* 包含
size (saɪz) *n.* 尺寸　　available (əˈveləbḷ) *adj.* 可獲得的
mocha (ˈmokə) *n.* 摩卡 (咖啡)【一種以巧克力調味的拿鐵咖啡】
vanilla (vəˈnɪlə) *n.* 香草　　latte (ˈlate) *n.* 牛奶；拿鐵
cafe (kəˈfe) *n.* 咖啡　　cappuccino (ˌkɑpəˈtʃino) *n.* 卡布奇諾
americano (əˌmɛrɪˈkɑno) *n.* 美式咖啡

2.(**C**) 請再看圖片 A。保羅點了兩杯中杯的卡布奇諾和一杯小杯的濃縮咖
啡。他付了多少錢？

A. $ 6.20。　　　　　　　B. $ 7.20。

C. <u>$ 7.60。</u>　　　　　　　D. $ 8.10。

* medium (ˈmidɪəm) *adj.* 中等的

第三題到第五題，請看圖片 B。

3.(**C**) 哪一項描述最符合這張圖片？

A. 三個朋友正在看電視。

B. 三位服務生正在服務一桌客人。

C. <u>一家人正在吃晚餐。</u>

D. 一家人正在擺姿勢拍照。

* description〔dɪˋskrɪpʃən〕n. 描述　　match〔mætʃ〕v. 符合
waiter〔ˋwetɚ〕n. 服務生　　serve〔sɝv〕v. 為⋯服務
have〔hæv〕v. 吃　　pose〔poz〕v. 擺姿勢

4. (**C**) 請再看圖片 B。這位女士最有可能在做什麼？

　　A. 擺設餐桌。　　　　　　　B. 清理桌子。

　　C. <u>給女孩更多的食物。</u>　　D. 責罵女孩沒有禮貌。

* likely〔ˋlaɪklɪ〕adv. 可能地　　set〔sɛt〕v. 放置
set the table 擺放餐具　　clear〔klɪr〕v. 收拾飯後的餐具
clear the table 清理餐桌　　offer〔ˋɔfɚ〕v. 提供
scold〔skold〕v. 責罵　　manners〔ˋmænɚz〕n. pl. 禮貌

5. (**D**) 請再看圖片 B。女孩可能正在談論什麼？

　　A. 股票市場。　　　　　　　B. 每日特餐。

　　C. 她的工作。

　　D. <u>那天在學校發生了什麼事。</u>

* stock〔stɑk〕n. 股票　　market〔ˋmɑrkɪt〕n. 市場
stock market 股票市場　　daily〔ˋdelɪ〕adj. 每天的
special〔ˋspɛʃəl〕n. 特餐　　job〔dʒɑb〕n. 工作
happen〔ˋhæpən〕v. 發生

第六題和第七題，請看圖片 C。

6. (**C**) 哪一項敘述最符合這張圖片？

　　A. 男士們正在玩遊戲。

　　B. 男士們正在互相打架。

　　C. <u>男士們正在看地圖。</u>

　　D. 男士們正在建造一道牆。

* fight〔faɪt〕v. 打架　　**each other** 互相　　**look at** 看
build〔bɪld〕v. 建造　　wall〔wɔl〕n. 牆

7. (**B**) 請再看圖片 C。關於右邊的男士，哪項敘述是正確的？

　　A. 他沒有穿褲子。　　　　B. <u>他沒有穿夾克。</u>

C. 他戴著帽子。　　　　　　D. 他戴著眼鏡。

* pants〔pænts〕 *n. pl.* 褲子　　jacket〔'dʒækɪt〕*n.* 夾克
　glasses〔'glæsɪz〕*n. pl.* 眼鏡

第八題和第九題，請看圖片 D。

8.(**A**) 誰會對這個公告最感興趣？

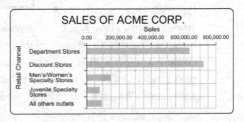

　　A. 計畫要到戶外的人。

　　B. 計畫要投資股票市場的人。

　　C. 計畫要待在室內的人。

　　D. 計畫要去購物中心的人。

　　* notice〔'notɪs〕*n.* 通知；公告
　　　plan〔plæn〕*v.* 計畫
　　　outdoors〔'aʊt'dorz〕*adv.* 在戶外　　invest〔ɪn'vɛst〕*v.* 投資 < *in* >
　　　stay〔ste〕*v.* 停留　　indoors〔'ɪn'dorz〕*adv.* 在室內
　　　visit〔'vɪzɪt〕*v.* 拜訪；去　　***shopping mall*** 購物中心

9.(**A**) 請再看圖片 D。這個公告提供了什麼資訊？

　　A. 天氣狀況。　　　　　　B. 交通狀況。

　　C. 旅行延誤。　　　　　　D. 聰明的購物訣竅。

　　* information〔͵ɪnfə'meʃən〕*n.* 資訊　　provide〔prə'vaɪd〕*v.* 提供
　　　weather〔'wɛðə〕*n.* 天氣　　condition〔kən'dɪʃən〕*n.* 情況
　　　traffic〔'træfɪk〕*n.* 交通　　travel〔'trævl〕*n.* 旅行
　　　delay〔dɪ'le〕*n.* 延誤　　smart〔smɑrt〕*adj.* 聰明的
　　　tip〔tɪp〕*n.* 訣竅

第十題和第十一題，請看圖片 E。

10.(**B**) ACME 公司的零售店哪一家的總銷售量最高？

　　A. 百貨公司。

　　B. 折扣商店。

　　C. 女士專賣店。

　　D. 青少年專賣店。

* corp. *n.* 公司（= *corporation*）　　retail〔'ritel〕*adj.* 零售的
total〔'totl〕*adj.* 總計的　　sales〔selz〕*n. pl.* 銷售量
department store 百貨公司　　discount〔'dɪskaʊnt〕*n.* 折扣
discount store 折扣商店　　specialty〔'spɛʃəltɪ〕*n.* 專門
specialty store 專賣店　　juvenile〔'dʒuvən,aɪl〕*n.* 青少年
outlet〔'aʊt,lɛt〕*n.* 廉價商品經銷店；折扣店

11.（ **B** ）請再看圖片 E。下列哪個數字最接近所有零售管道銷售量的美金
總額？

　　A. 一百二十萬美元。　　　　　B. <u>一百七十萬美元。</u>
　　C. 兩百一十萬美元。　　　　　D. 兩百七十萬美元。

* figure〔'fɪgjə〕*n.* 數字　　channel〔'tʃænl〕*n.* 管道
million〔'mɪljən〕*n.* 百萬

第十二題和第十三題，請看圖片 **F**。

12.（ **C** ）羅杰和梅蘭妮正站在標示著「你現在的位置」的地點，並且面向著皇
后大道。他們想要去公車站。你會如何告訴他們要怎麼走到那裡？

　　A. 在皇后大道左轉，再一直走。你會看到公車站在你的左手邊。
　　B. 在皇后大道左轉。公車站在醫院的前面。
　　C. <u>在皇后大道右轉。公車站位於轉角處。</u>
　　D. 在棕櫚街右轉，經過銀行。你會看到公車站在你的右手邊。

* spot〔spat〕*n.* 地點
mark〔mark〕*v.* 標示
face〔fes〕*v.* 面向
queen〔kwin〕*n.* 皇后
avenue〔'ævə,nju〕*n.* 大道
stop〔stap〕*n.* 停車站
turn〔tɜn〕*v.* 轉彎
left〔lɛft〕*adv.* 向左　*v.* 左邊

straight〔stret〕*adv.* 直直地　　***in front of*** 在…前面
hospital〔'hɑspɪtl〕*n.* 醫院　　right〔raɪt〕*adv.* 向右　*n.* 右邊
corner〔'kɔrnə〕*n.* 轉角　　palm〔pɑm〕*n.* 棕櫚　　vet〔vɛt〕*n.* 獸醫
pass〔pæs〕*v.* 經過　　newsagent〔'nuz,edʒənt〕*n.* 報刊經銷店；書報亭
aquarium〔ə'kwɛrɪəm〕*n.* 水族館　　***phone box*** 電話亭

13. (**A**) 請再看圖片 **F**。音樂行在哪裡？

　　A. 萊恩街上藥局的旁邊。

　　B. 萊恩街上義大利餐廳和獸醫診所的中間。

　　C. 在教堂的對面。

　　D. 在藝廊的後面。

　　* ***next to*** 在…旁邊　　chemist〔'kɛmɪst〕*n.* 藥局
　　Italian〔ɪ'tæljən〕*adj.* 義大利的　　restaurant〔'rɛstərənt〕*n.* 餐廳
　　vet〔vɛt〕*n.* 獸醫診所　　***across from*** 在…對面
　　church〔tʃɜtʃ〕*n.* 教堂　　behind〔bɪ'haɪnd〕*prep.* 在…後面
　　art〔ɑrt〕*n.* 藝術　　gallery〔'gælərɪ〕*n.* 畫廊　　***art gallery*** 畫廊

第十四題和第十五題，請看圖片 G。

14. (**C**) 從圖表中我們可以得知關於棒球選手的什麼事實？

　　A. 他們的故鄉。

　　B. 他們的出生日期。

　　C. 他們的身高。

　　D. 他們眼睛的顏色。

NO.	Name	Height	Weight	B/TH	Year
34	MARK AMANN	6-1	220	R/R	SR
7	MATT TOSCANO	5-10	160	L/R	SO
5	JUSTIN BURCE	6-0	170	R/R	JR
8	LOGAN CARTER	6-0	190	R/R	JR
44	ANDREW FLORES	6-0	180	R/R	JR
33	STEVEN OSBORNE	6-5	220	R/R	SR
6	JAMES HATANO	5-10	160	R/R	SR
25	JOHN RILEY	6-1	210	R/R	SR
9	JAMES JOHNSON	6-1	220	R/R	SR

　　* fact〔fækt〕*n.* 事實
　　learn about 得知
　　baseball〔'bes,bɔl〕*n.* 棒球
　　player〔'pleɚ〕*n.* 選手　　table〔'tebl̩〕*n.* 表
　　B/TH 打擊/傳球（= *bat/throw*）　　hometown〔'hom'taʊn〕*n.* 故鄉
　　birth〔bɝθ〕*n.* 出生　　***date of birth*** 出生日期
　　height〔haɪt〕*n.* 身高　　***SR*** 大四（= *senior*）
　　SO 大二（= *sophomore*〔'sɑfm̩,or〕）　　***JR*** 大三（= *junior*）

15. (**A**) 請再看圖片 **G**。下列哪項敘述是正確的？

　　A. 史蒂文・奧斯本是隊上最高的選手。

　　B. 安德魯・佛羅雷斯是左撇子。

　　C. 約翰・賴利是隊上體重最重的選手。

　　D. 馬特・托斯卡那是大四學生。

　　* team〔tim〕*n.* 隊　　left-handed〔'lɛft'hændɪd〕*adj.* 左撇子的
　　heavy〔'hɛvɪ〕*adj.* 重的　　senior〔'sinjɚ〕*n.*（大學）四年級生

第二部份：問答

16.(**A**) 爲什麼克萊兒那樣氣沖沖地離開了？

      A. <u>我不知道。是因爲我說的話嗎？</u>

      B. 沒錯。可以再大聲一點嗎？

      C. 當然。等到暴風雨退去。

      D. 不是現在。克萊兒剛剛離開了。

      * *storm out* 氣沖沖地離開　　loud〔laʊd〕*adj.* 大聲的
      of course 當然　　until〔ən'tɪl〕*prep.* 直到
      storm〔stɔrm〕*n.* 暴風雨　　clear〔klɪr〕*v.*（雲、霧、風雨）退去
      leave〔liv〕*v.* 離開【三態變化爲 leave-left-left】

17.(**A**) 今天早上火車上很擁擠嗎？

      A. <u>沒有很糟。我還能夠有位子坐。</u>

      B. 它通常誤點。我試著早點到。

      C. 它出了一些問題。我很晚才回到家。

      D. 本來時間可以更短的。我當時睡著了。

      * crowded〔'kraʊdɪd〕*adj.* 擁擠的　　*be able to V.* 能夠
      seat〔sit〕*n.* 座位　　run〔rʌn〕*v.* 行駛
      late〔let〕*adv.* 遲；晚　　*a few* 一些　　*fall asleep* 睡著

18.(**B**) 看來愛德華要遲到了。我們該不等他就先開始嗎？

      A. 很難說。　　　　　　　　B. <u>我們不妨這麼做。</u>

      C. 他們沒有問這件事。　　　D. 他做了很多運動。

      * *be running late* 快要遲到了　　*you never know* 很難說；很難預料
      might as well 不妨；最好　　*plenty of* 很多的
      exercise〔'ɛksə‚saɪz〕*n.* 運動

19.(**A**) 這支手錶眞酷，馬克斯。你在哪裡買的？

      A. <u>這是我哥哥送我的禮物。</u>　　B. 它靠太陽能電池運作。

      C. 它要花一個月的薪水。　　　　D. 它有很多特點。

      * cool〔kul〕*adj.* 酷的；很棒的　　get〔gɛt〕*v.* 獲得；買
      gift〔gɪft〕*n.* 禮物　　run〔rʌn〕*v.* 運轉

solar〔'solə〕*adj.* 太陽的　　battery〔'bætərɪ〕*n.* 電池
cost〔kɔst〕*v.* 使（人）花費（錢）；值…
salary〔'sælərɪ〕*n.* 薪水　　feature〔'fitʃə〕*n.* 特點；特色

20.(**B**) 鄰居的狗整個晚上都在叫。

A. 我六點的時候餵了牠們。　　　B. 我們可以怎麼處理？
C. 這隻狗一定有綁上狗鏈。　　　D. 別管牠。

* neighbor〔'nebə〕*n.* 鄰居　　bark〔bɑrk〕*v.* 吠叫
feed〔fid〕*v.* 餵【三態變化為 feed-fed-fed】
do about 處理　　leash〔liʃ〕*n.* （用以拴狗的）皮帶；鍊子
on a leash 用皮帶拴著的　　***leave~alone*** 不理會~

21.(**B**) 他們華盛頓橋的建設工程完工了嗎？

A. 有時候。　　　　　　　　　　B. 還沒。
C. 總是。　　　　　　　　　　　D. 從來沒有。

* finish〔'fɪnɪʃ〕*v.* 結束　　construction〔kən'strʌkʃən〕*n.* 建設

22.(**D**) 食物夠來參加派對的每個人吃嗎？

A. 會提供食物和飲料。　　　　　B. 邀請函已經寄出去了。
C. 大概 50 到 75 人左右。　　　　D. 應該是綽綽有餘。

* attend〔ə'tɛnd〕*v.* 參加　　provide〔prə'vaɪd〕*v.* 提供
invitation〔,ɪnvə'teʃən〕*n.* 請帖　　***send out*** 發出；寄出
somewhere〔'sʌm,wɛr〕*adv.* 大約
more than enough 大多；超過所需

23.(**D**) 今天晚上訂披薩你覺得怎樣？

A. 不完全是。　　　　　　　　　B. 非常正確。
C. 停止那件事。　　　　　　　　D. 聽起來很棒。

* order〔'ɔrdə〕*v.* 訂購；點（餐）　　pizza〔'pitsə〕*n.* 披薩
quite〔'kwaɪt〕*adv.* 相當地；十分地　　***not quite*** 不盡然
true〔tru〕*adj.* 正確的　　sound〔saʊnd〕*v.* 聽起來
great〔gret〕*adj.* 極好的

24.(**A**) 訂購的貨物從越南運過來要花多久的時間？

      A. <u>應該五個工作天以內會送達。</u>

      B. 它會從越南運出。

      C. 當它一通過海關的時候。

      D. 我們現在正在把它打包。

      * order〔'ɔrdɚ〕n. 訂貨　　ship〔ʃɪp〕v. 運送
        Vietnam〔ˌviɛt'nɑm〕n. 越南　　within〔wɪð'ɪn〕prep. 在…之內
        business day 工作天；營業日　　**as soon as** 一…就～
        customs〔'kʌstəmz〕n. pl. 海關
        clear customs 通過海關；辦好繳付關稅的手續　　**pack…up** 把…打包

25.(**D**) 是誰讓浴缸裡的熱水一直流的？

      A. 我沒有。【應改成過去式】　　B. 我會的。

      C. 我可以。　　D. <u>是我做的。</u>

      * leave〔liv〕v. 任由　　run〔rʌn〕v. 流
        bath〔bæθ〕n. 浴缸

26.(**B**) 我可以搭你的便車到公車站嗎？

      A. 好耶。在那裡見吧。　　B. <u>當然好。上車吧。</u>

      C. 都可以。我很忙。　　D. 很明顯。他遲到了。

      * **catch a ride with** sb. 搭某人的便車　　cool〔kul〕interj. 好的；沒問題
        hop〔hɑp〕v. 跳　　**hop in** 上（汽車）
        Whatever. 都可以；無所謂。　　clearly〔'klɪrlɪ〕adv. 顯然地

27.(**B**) 你暑假要怎麼過？

      A. 我非常喜歡夏天。

      B. <u>我很可能會找兼差的工作。</u>

      C. 我絕不會忘記你去年夏天親切的接待。

      D. 我有時間偶爾會來拜訪。

      * spend〔spɛnd〕v. 度過　　**most likely** 很可能
        part-time〔'part'taɪm〕adj. 兼職的
        kindness〔'kaɪndnɪs〕n. 親切的態度；親切的行為

28. (**C**) 你喜歡昨天晚上的比賽嗎？

　　　A. 我就是那個投手。　　　　　　B. 你一直是個很棒的隊友。

　　　C. <u>比我原先想的還要好。</u>　　　　D. 他們比我預期的還要大。

　　* enjoy〔ɪnˋdʒɔɪ〕v. 喜歡；享受　　play〔ple〕n. 比賽

　　　pitcher〔ˋpɪtʃɚ〕n. 投手　　　　teammate〔ˋtim͵met〕n. 隊友

　　　expect〔ɪkˋspɛkt〕v. 預期

29. (**A**) 你在購物中心花了多少錢？

　　　A. <u>一分錢也沒有。我只是隨便看看而已。</u>

　　　B. 一點也不。我以為你是在開玩笑。

　　　C. 絕對不會。我怕高。

　　　D. 不僅如此。我排在隊伍的最後。

　　* *shopping mall* 購物中心　　　penny〔ˋpɛnɪ〕n. 一分錢

　　　browse〔brauz〕v. 隨意觀看商品；瀏覽

　　　not for a minute 一點也不　　joke〔dʒok〕v. 開玩笑

　　　Not on your life. 絕對不會。（= *Certainly not.*）　　*be afraid of* 害怕

　　　heights〔haɪts〕n. pl. 高處　　line〔laɪn〕n.（等待順序的）行列

30. (**C**) 你今天感覺好多了嗎？

　　　A. 是的，我很高興你有做。　　　　B. 你沒看到我嗎？

　　　C. <u>好很多了。</u>　　　　　　　　　D. 還沒，但我還在看。

　　* glad〔glæd〕adj. 高興的　　　yet〔jɛt〕adv. 尚未；還沒

第三部份：簡短對話

31. (**D**) 女：有人會去機場接米勒先生嗎？

　　　男：行銷部門的維特會去機場接他。

　　　女：飛機什麼時候會抵達？

　　　男：大概 7:15 左右。

　　　女：你知道他會直接去飯店，還是會先進辦公室？

　　　男：據我的了解，他會直接去飯店。

　　　女：好的，很好。那麼我要離開了。明天會是漫長的一天。

　　　問：關於米勒先生，下列敘述何者正確？

A. 他是很重要的客戶。　　B. 他是說話者的老闆。

C. 他的班機在 7:15 起飛。　　D. <u>他的飛機會在今天晚上抵達。</u>

* meet〔mit〕v. 接（某人）　airport〔'εr,port〕n. 機場
  marketing〔'markıtıŋ〕n. 行銷　　***pick sb. up*** 開車接某人
  flight〔flaɪt〕n. 班機　around〔ə'raʊnd〕prep. 大約
  straight〔stret〕adv. 直接地　　***come by*** 順路到
  head〔hɛd〕v. 朝…前進　directly〔də'rɛktlɪ〕adv. 直接地
  take off 離開　then〔ðɛn〕adv. 那麼
  client〔'klaɪənt〕n. 客戶　boss〔bɔs〕n. 老闆

32. (**C**) 女：周先生，我是聯合銀行的朴夢娜。今晚過得好嗎？

男：還不錯。我能幫您做什麼嗎，夢娜？

女：我打來是有關於你在聯合銀行辦的 Visa 信用卡。我們注意到有
　　幾筆可疑的交易，因此想要確認它們的授權。

男：那真令人震驚！我已經好幾個月沒有用那張卡了。

女：這就是為什麼我們的安全團隊會標註這幾項交易。所以…你沒
　　有在內德打獵用品專賣店有過一筆四百美元的交易？

男：沒有！絕對沒有。我從來沒聽過這個地方。

女：那麼在蘭迪戶外用品專賣店的一筆三百美元的交易呢？

男：也是沒有。

問：關於周先生我們知道什麼？

A. 他是熱愛戶外活動的人。

B. 他是身分竊賊。

C. <u>他有一張聯合銀行的 Visa 信用卡。</u>

D. 他已經刷爆他信用卡的額度。

* allied〔ə'laɪd〕adj. 聯合的　　***in reference to*** 關於
  suspicious〔sə'spɪʃəs〕adj. 可疑的
  transaction〔træns'ækʃən〕n. 交易
  verify〔'vɛrə,faɪ〕v. 確認　authorization〔,ɔθərə'zeʃən〕n. 授權
  shock〔ʃɑk〕n. 震驚　security〔sɪ'kjʊrətɪ〕n. 安全
  flag〔flæg〕v. 標註；做記號於　purchase〔'pɝtʃəs〕n. 購買
  amount〔ə'maʊnt〕n. 金額　hunting〔'hʌntɪŋ〕n. 打獵
  supply〔sə'plaɪ〕n. 補給品　absolutely〔'æbsə,lutlɪ〕adv. 絕對地
  hear of 聽說　outdoor〔'aʊt,dor〕adj. 戶外的

avid〔'ævɪd〕*adj.* 渴望的；熱心的
outdoorsman〔aut'dɔrzmən〕*n.* 喜愛戶外活動者
identity〔aɪ'dɛntətɪ〕*n.* 身分　　thief〔θif〕*n.* 小偷
max out 用光；用盡；刷爆（信用卡）　　credit〔'krɛdɪt〕*n.* 信用
credit limit 信用額度

33.(**D**)　女：哈囉，羅素。今天有什麼事困擾著你嗎？
　　　　男：菲爾普斯醫生，是我的臀部。連我坐下的時候它都會痛。
　　　　女：首先，我會幫你快速地檢查一次，然後你再去照 X 光。
　　　　男：你覺得有可能是很嚴重的病嗎?
　　　　女：很難說，羅素。你何不先站起來，這樣我才能觀察你走路的動
　　　　　　作。
　　　　問：什麼正困擾著羅素？
　　　　A. 他的腳。　　　　　　　　　B. 他的腳踝。
　　　　C. 他的膝蓋。　　　　　　　　D. 他的臀部。
　　　* seem〔sim〕*v.* 似乎；看起來　　bother〔'baðə〕*v.* 困擾
　　　hip〔hɪp〕*n.* 臀部　　ache〔ek〕*v.*（持續地）疼痛
　　　examination〔ɪg,zæmə'neʃən〕*n.* 檢查　　X-ray〔'ɛks,re〕*n.* X 光檢查
　　　serious〔'sɪrɪəs〕*adj.* 嚴重的　　hard〔hard〕*adj.* 困難的
　　　go ahead 請你開始　　observe〔əb'zɝv〕*v.* 觀察
　　　walking〔'wɔkɪŋ〕*adj.* 步行的　　motion〔'moʃən〕*n.* 動作
　　　ankle〔'æŋkḷ〕*n.* 腳踝　　knee〔ni〕*n.* 膝蓋

34.(**B**)　女：歡迎來到弗雷迪餐廳。我是珍妮絲，今晚將由我來為您服務。
　　　　男：謝謝，珍妮絲。我想我可以點餐了。
　　　　女：先生，你想要聽聽我們的特餐嗎？
　　　　男：謝謝妳的好意，但我知道我要點什麼。
　　　　問：關於這位男士，我們知道什麼？
　　　　A. 他以前來過這家餐廳。　　　B. 他已經準備好要點餐了。
　　　　C. 他想要聽聽特餐。　　　　　D. 他想要刷卡結帳。
　　　* server〔'sɝvə〕*n.* 服務生　　order〔'ɔrdə〕*v.* 點菜
　　　special〔'spɛʃəl〕*n.* 特餐　　appreciate〔ə'priʃɪ,et〕*v.* 感激
　　　effort〔'ɛfət〕*n.* 努力　　meal〔mil〕*n.* 一餐
　　　pay〔pe〕*v.* 付（錢）　　*credit card* 信用卡

35. (**C**) 男：網路壞掉了。

女：你有檢查過路由器了嗎？

男：有。我做了硬體重置，但還是沒有用。

女：那一定是伺服器出了問題。

男：你有供應商免費直撥電話的號碼嗎？

女：在這裡。

男：謝謝。我會打給他們，查出到底是怎麼一回事。

問：這男士接下來最有可能做什麼？

A. 重置網路連線。　　　　　　B. 安裝一個新的程式。

C. <u>打諮詢服務專線。</u>　　　　　D. 改變伺服器設定。

* ***the Internet*** 網際網路
　　router〔'rutɚ〕*n.* 路由器（連接數個區域網路中的中繼裝置）
　　reset〔ri'sɛt〕*v. n.* 系統重置　　***hard reset*** 硬體重置
　　server〔'sɝvɚ〕*n.* 伺服器　　***1-800 number*** 美國免費直撥電話前綴
　　provider〔prə'vaɪdɚ〕*n.* 供應商
　　Here it is. 你要的東西在這裡；拿去吧。
　　find out 查出；找出　　***what's going on*** 怎麼一回事
　　likely〔'laɪklɪ〕*adv.* 可能　　connection〔kə'nɛkʃən〕*n.* 連接；連線
　　install〔ɪn'stɔl〕*v.* 安裝　　program〔'progræm〕*n.* 程式
　　helpline〔'hɛlp,laɪn〕*n.* 諮詢服務電話
　　configuration〔kən,fɪgjə're ʃən〕*n.*（電腦）配置；設定

36. (**C**) 男：嗨，珍妮。很高興見到你。已經好久不見了，對吧？

女：真是令人驚喜，奧利佛！

男：你畢業後都在做什麼呢？

女：恐怕沒做什麼。都在找工作。

男：我也是。我想你還沒找到任何工作吧。

女：還沒。但我已經去面試過幾次了。沒有我真的想要的，但積極
　　主動還是很重要的。要盡量多見一些可能成為雇主的人。

男：我懂你的意思。坐在一旁什麼都不做，卻希望好運能從天而降，
　　誰都會。但這從來都不曾發生，是吧？

問：說話者彼此是什麼關係？

A. 前室友。　　　　　　　　B. 未來的同事。

C. 前同學。　　　　　　　　　D. 未來的家長。

* while〔hwaɪl〕*n.* 一段時間　　pleasant〔'plɛznt〕*adj.* 令人愉快的
surprise〔sə'praɪz〕*n.* 驚訝；意外的事
What have you been up to? 你最近在忙些什麼？
graduation〔ˌgrædʒu'eʃən〕*n.* 畢業　　***I'm afraid*** 恐怕
guess〔gɛs〕*v.* 猜　　yet〔jɛt〕*adv.* 尚（未）
look for 尋找　　nope〔nop〕*adv.*【美口語】不；不是（= *no*）
interview〔'ɪntɚˌvju〕*n.* 面談　　proactive〔pro'æktɪv〕*adj.* 積極主動的
potential〔pə'tɛnʃəl〕*adj.* 可能的；潛在的
employer〔ɪm'plɔɪɚ〕*n.* 雇主　　***as…as possible*** 儘可能；愈…愈好
sit back 不採取行動　　fall〔fɔl〕*v.* 落下
though〔ðo〕*adv.* 然而；不過　　former〔'fɔrmɚ〕*adj.* 以前的
roommate〔'rumˌmet〕*n.* 室友　　future〔'fjutʃɚ〕*adj.* 未來的
colleague〔'kɑlig〕*n.* 同事

37.(**D**)　女：我姐姐下禮拜會來跟我們一起住。
男：噢，怎會有這種榮幸啊？發生什麼事了嗎？
女：沒有。她的公寓要重新裝潢。
男：好的。我會把我的東西拿出客房。
女：謝謝。
問：誰將要來拜訪他們？
A. 女士的嫂嫂。　　　　　　B. 女士的哥哥。
C. 男士的姐姐。　　　　　　D. 男士的大姨。

* owe〔o〕*v.* 欠；感謝；歸功於　　honor〔'ɑnɚ〕*n.* 光榮；榮幸
To what do we owe this honor? 這是何等的榮幸呀？【幽默用法，通常是
對遲到或缺席的人開玩笑的話】
apartment〔ə'partmənt〕*n.* 公寓　　remodel〔ri'mɑdḷ〕*v.* 改建
guest bedroom 客房　　sister-in-law *n.* 姻親的姐（妹）

38.(**A**)　男：小姐，不好意思。我正在找布希飯店。
女：嗯。我沒有聽過這家飯店。
男：我想它以前是叫作鳳凰飯店？
女：噢，對。它位於那邊的噴泉大道上。
男：走幾步路就可以到達嗎？

女：當然。它就在下一條街。

問：男士接下來最有可能會做什麼？

A. 走到旅館。　　　　　　　　B. 搭計程車去機場。

C. 買一張城市的地圖。　　　　D. 打斷另一個陌生人。

* ma'am〔mæm〕*n.*【口】女士；小姐（= *madam*）
  used to 以前　　over〔'ovɚ〕*adv.* 在（遙遠的）那一邊
  fontain〔fʌn'ten〕*n.* 噴泉（= *fountain*）
  avenue〔'ævəˌnju〕*n.* 大道　　distance〔'dɪstəns〕*n.* 距離
  within walking distance 步行可達的　　block〔blɑk〕*n.* 街區
  interrupt〔ˌɪntə'rʌpt〕*v.* 打斷　　stranger〔'strendʒɚ〕*n.* 陌生人

39. (**C**) 女：你有試過新的 YouBike 系統了嗎？

男：還沒。我不太確定它是怎麼運作的。

女：其實真的很簡單。你只需要捷運卡和手機號碼就可以了。

男：真的可以在任何捷運站歸還腳踏車嗎？

女：是的。真的很方便。

男：或許我這個週末會試試看。

問：你需要什麼才能操作 YouBike 系統？

A. 兩種有照片的身分識別證及一張提款卡。

B. 一份護照影本及住家地址。　　C. 一張捷運卡和手機號碼。

D. 工作許可證影本及保證金。

* system〔'sɪstəm〕*n.* 系統　　*not yet* 尚未；還沒
  work〔wɜk〕*v.* 運作　　actually〔'æktʃuəlɪ〕*adv.* 實際上
  metro〔'mɛtro〕*n.* 地下鐵　　*Metro card* 捷運卡
  cell phone 行動電話　　return〔rɪ'tɜn〕*v.* 歸還
  bike〔baɪk〕*n.* 自行車　　*MRT* 捷運（= *Mass Rapid Transit*）
  quite〔kwaɪt〕*adv.* 相當　　*give it a try* 試試看
  form〔fɔrm〕*n.* 形式　　photo〔'foto〕*n.* 相片
  ID 身份證明（= *identification*）
  ATM 提款機（= *automated teller machine*）
  copy〔'kɑpɪ〕*n.* 影本；一份　　passport〔'pæsˌport〕*n.* 護照
  address〔ə'drɛs〕*n.* 地址　　permit〔'pɜmɪt〕*n.* 許可證
  work permit 工作許可證　　deposit〔dɪ'pɑzɪt〕*n.* 保證金
  cash deposit 保證金

40. (**A**) 男：那是一部很棒的電影，不是嗎？

女：超級緊張刺激的。

男：它的特效真是讓人印象深刻。電腦現在能做到的事實在太令人驚奇了。而演員陣容呢？太出色了！

女：電影配樂也很有趣。如果這部電影贏得很多獎項，我一點也不驚訝。

男：如果滿分是五顆星的話，我會給它四顆星。

女：我期待可以再看一遍。但我想我會等到在 Netflix 上可以租得到的時候。

問：說話者在討論什麼？

A. 電影。 　　　　　　　　　B. 音樂會。

C. 電視節目。　　　　　　　　D. 電腦遊戲。

* film〔fɪlm〕*n.* 電影　　edge〔ɛdʒ〕*n.* 邊緣

on the edge of *one's seat* 興奮緊張的

impressed〔ɪm'prɛst〕*adj.* 印象深刻的　　**special effect** 特效

amazing〔ə'mezɪŋ〕*adj.* 令人稱奇的　　**these days** 最近

cast〔kæst〕*n.* 卡司；演員陣容

outstanding〔'aut'stændɪŋ〕*adj.* 出色的

soundtrack〔'saund,træk〕*n.* 配樂　　**a bunch of** 一堆

award〔ə'wɔrd〕*n.* 獎　　**look forward to + V-ing** 期待

available〔ə'veləbḷ〕*adj.* 可獲得的

Netflix 美國著名的線上 DVD 租賃網站

concert〔'kɑnsɝt〕*n.* 音樂會　　show〔ʃo〕*n.* 節目

41. (**C**) 女：你今晚會去看湖人隊的比賽嗎？

男：不會，你沒聽說嗎？比賽取消了。

女：什麼！？為什麼？

男：運動場的屋頂倒塌了。

女：那到底是怎麼發生的？

男：我不知道。我比較關心湖人隊在剩下的球季中要在哪裡比賽。

問：湖人隊的比賽發生了什麼事？

A. 比賽延期了。　　　　　　　B. 比賽時間重新安排了。

C. 比賽取消了。　　　　　　　D. 來看比賽的人很少。

* Lakers *n.* 洛杉磯湖人隊【美國全國籃球協會西區太平洋組的參賽球隊，主場
位於美國加利福尼亞州的第一大城洛杉磯市中心的史坦波中心球場】
game〔gem〕*n.* 比賽　　cancel〔'kænsḷ〕*v.* 取消
stadium〔'stedɪəm〕*n.* 運動場　　roof〔ruf〕*n.* 屋頂
collapse〔kə'læps〕*v.* 倒塌　　*in the world* 究竟；到底【強調疑問詞】
be concerned with 關心　　rest〔rɛst〕*n.* 其餘的人或物
season〔'sizn̩〕*n.* 球季　　postpone〔post'pon〕*v.* 延期
reschedule〔ri'skɛdʒul〕*v.* 重新安排…的時間
poorly〔'purlɪ〕*adv.* 不足地；缺乏地　　attend〔ə'tɛnd〕*v.* 出席；參加

42.（**B**）男：你覺得我們應該要帶吉米去做他第一次的理髮嗎？他的頭髮長
　　　　很長了。

　　女：我不確定他會不會願意好好坐著剪頭髮。你也知道早上要幫他
　　　　穿好衣服是多麼費力。

　　男：妳說的對。但我有個同事帶她正在學走路的小孩到一家專門幫
　　　　小孩剪頭髮的理髮店。她說非常順利。

　　女：那個小孩是個怎樣的小孩？男孩還是女孩？

　　男：是個女孩，而我猜她相當文靜低調。

　　女：好的，但我們現在討論的人是吉米。

　　問：這則對話暗示了有關吉米的什麼事？

　A. 他很容易生氣。　　　　　B. 他非常精力充沛。

　C. 他很容易取悅。　　　　　D. 他很喜歡他的長髮。

* haircut〔'hɛr,kʌt〕*n.* 理髮　　quite〔kwaɪt〕*adv.* 相當
willing〔'wɪlɪŋ〕*adj.* 願意的　　struggle〔'strʌgḷ〕*n.* 掙扎；奮鬥
dress〔drɛs〕*v.* 給（人）穿衣服　　co-worker〔'ko,wɝkɚ〕*n.* 同事
toddler〔'tɑdlɚ〕*n.* 學步的小孩　　special〔'spɛʃəl〕*adj.* 特別的
barber〔'bɑrbɚ〕*n.* 理髮師　　*barber shop* 理髮店
kid〔kɪd〕*n.*【口】小孩　　go〔go〕*v.*（事情）進展
pretty〔'prɪtɪ〕*adv.* 相當　　fairly〔'fɛrlɪ〕*adv.* 相當地
low-key〔'lo'ki〕*adj.* 低調的　　imply〔ɪm'plaɪ〕*v.* 暗示
quick〔kwɪk〕*adj.* 容易…的；做…敏捷的　　anger〔'æŋgɚ〕*v.* 發怒
energetic〔,ɛnɚ'dʒɛtɪk〕*adj.* 精力旺盛的；充滿活力的
easily〔'izɪlɪ〕*adv.* 容易地　　amuse〔ə'mjuz〕*v.* 使高興
be fond of 喜歡

43. (**A**) 女：你買了新的 iPad 嗎？

男：是的。是最新的機型。

女：我可以看看嗎？

男：當然。你看吧。

女：噢，這不是蘋果的 iPad。

男：不是。這是我在電腦商場買的便宜仿冒品。看起來就像真的一樣。

女：或許吧，但我馬上發現幾個不同的地方。它感覺比正常的平板還要輕，還有螢幕的解析度也相當低。

男：這些都是小問題。它有無線網路，而這是我所在乎的。

問：男人對他的新 iPad 平板有什麼想法？

A. 它足夠滿足他的需求。　　 B. 它不可靠。

C. 它花了他太多錢了。　　　 D. 它很容易壞。

* *iPad* 蘋果平板電腦　　 latest〔ˋletɪst〕 *adj.* 最新的

　 model〔ˋmadl〕 *n.* 機型　　 *Check it out.* 你看看吧。

　 Apple　 *n.* 蘋果公司【原稱蘋果電腦股份有限公司（Apple Computer, Inc.）

　　　 總部位於加州庫比蒂諾，核心業務是電子科技產品】

　 knock-off〔ˋnak͵ɔf〕 *n.*（尤指廉價的）仿冒品　　 mart〔mart〕 *n.* 市場

　 a couple of 幾個的；兩三個的　　 *right away* 立刻；馬上

　 normal〔ˋnɔrml〕 *adj.* 標準的；常規的　　 tablet〔ˋtæblɪt〕 *n.* 平板電腦

　 screen〔skrin〕 *n.* 螢幕　　 resolution〔͵rɛzəˋluʃən〕 *n.* 解析度

　 minor〔ˋmaɪnɚ〕 *adj.* 不重要的；次要的　　 issue〔ˋɪʃju〕 *n.* 問題

　 wifi〔ˋwaɪˋfaɪ〕 *n.* 無線網路　　 *care about* 關心　　 *think of* 認為

　 adequate〔ˋædəkwɪt〕 *adj.* 足夠的　　 need〔nid〕 *n.* 需要

　 unreliable〔͵ʌnrɪˋlaɪəbl〕 *adj.* 不可靠的　　 *break down* 故障

44. (**D**) 男：妳這個週末有什麼計畫嗎？

女：有，事實上我這禮拜六要路跑 5 公里。這為乳癌研究舉辦的慈善活動。

男：噢，酷耶。你現在還在拉贊助嗎？

女：沒有，那上禮拜就結束了。但你還是可以一起來展現你的支持。

男：賽跑會在哪裡舉行？

女：從金門公園的斯托湖開跑，而終點是在懸崖屋上的海洋沙灘。會有一個大帳棚以及一些要表演的樂團。

男：太好了。到時候那裡見吧。

問：星期六會舉辦什麼活動？

A. 公開的拍賣會。　　　　　B. 志工接送。

C. 促銷活動。　　　　　　　D. 慈善活動。

* *as a matter of fact* 事實上；其實（= *in fact*）
  K 公里（= *kilometer*）　　benefit（'bɛnəfɪt）*n.* 慈善活動
  breast（brɛst）*n.* 胸部　　*breast cancer* 乳癌
  research（'risɝtʃ）*n.* 研究　　sponsor（'spɑnsɚ）*n.* 贊助；贊助者
  collect sponsor 找贊助者　　*come out* 出現　　show（ʃo）*v.* 表示
  support（sə'port）*n.* 支持　　race（res）*n.* 賽跑
  hold（hold）*v.* 舉行　　*finish line* 終點線
  ocean（'oʃən）*n.* 海洋　　cliff（klɪf）*n.* 懸崖　　tent（tɛnt）*n.* 帳篷
  band（bænd）*n.* 樂團　　*be supposed to* 應該
  take place 發生；舉行　　public（'pʌblɪk）*adj.* 公關的
  auction（'ɔkʃən）*n.* 拍賣　　volunteer（,vɑlən'tɪr）*n.* 義工
  sales（selz）*adj.* 銷售的　　promotion（prə'moʃən）*n.* 促銷
  charity（'tʃærətɪ）*n.* 慈善　　event（ɪ'vɛnt）*n.* 大型活動

45. (**A**) 男：妳有和丹尼‧波易爾的父母談過他最近的行為嗎？

女：還沒。他在你的班上表現如何？

男：如果要說的話，他表現得越來越糟了。

女：我想等待觀望的方法可能不會有效。

男：假如是我的話，我幾個禮拜前就會打給他們了。

女：嗯，我真的希望我們可以用其他的方法來解決問題。

問：誰是丹尼‧波易爾？

A. 學生。　　　　　　　　B. 老師。

C. 家長。　　　　　　　　D. 教練。

* recent（'risn̩t）*adj.* 最近的　　behavior（bɪ'hevjɚ）*n.* 行為
  not yet 還沒　　*if anything* 如果要說的話　　guess（gɛs）*v.* 猜
  wait and see 觀望　　approach（ə'protʃ）*n.* 方法
  work（wɝk）*v.* 有效；行得通　　*up to sb.* 由某人決定
  solve（sɑlv）*v.* 解決　　through（θru）*prep.* 經由；透過
  means（minz）*n. pl.* 方法　　coach（kotʃ）*n.* 教練

二、閱讀能力測驗

第一部份：詞彙和結構

1. (**A**) 月亮已經升到山谷的上方了。真漂亮！
   - (A) *rise* 〔 raɪz 〕 *v.* 上升
   - (B) arise 〔 əˈraɪz 〕 *v.* 發生
   - (C) raise 〔 rez 〕 *v.* 提高
   - (D) arouse 〔 əˈraʊz 〕 *v.* 喚起
   - * valley 〔ˈvælɪ〕 *n.* 山谷

2. (**C**) 彼得有音樂天分。他會彈奏好幾種樂器。
   - (A) instructions 〔 ɪnˈstrʌkʃənz 〕 *n. pl.* 指示
   - (B) construction 〔 kənˈstrʌkʃən 〕 *n.* 建造
   - (C) *instrument* 〔ˈɪnstrəmənt 〕 *n.* 器材；樂器
   - (D) confirmation 〔ˌkɑnfəˈmeʃən 〕 *n.* 確認
   - * talent 〔ˈtælənt 〕 *n.* 才華；天分　　musical 〔ˈmjuzɪkl̩ 〕 *adj.* 音樂的

3. (**A**) 告訴我故事的結尾發生什麼事。別吊我胃口了。
   - (A) *suspense* 〔 səˈspɛns 〕 *n.* 懸念；懸疑
     keep sb. in suspense 使某人產生懸念；吊某人胃口；賣關子
   - (B) suspicion 〔 səˈspɪʃən 〕 *n.* 嫌疑；懷疑
   - (C) suspension 〔 səˈspɛnʃən 〕 *n.* 懸掛；吊掛
   - (D) permission 〔 pəˈmɪʃən 〕 *n.* 許可

4. (**B**) 汽水、果汁、茶，以及咖啡都是飲料。
   - (A) vapor 〔ˈvepə 〕 *n.* 蒸氣
   - (B) *beverage* 〔ˈbɛvrɪdʒ 〕 *n.* (水、藥、酒以外的) 飲料
   - (C) alcohol 〔ˈælkəˌhɔl 〕 *n.* 酒精
   - (D) liquor 〔ˈlɪkə 〕 *n.* 烈酒
   - * soda 〔ˈsodə 〕 *n.* 汽水

5. (**A**) 今天的好天氣與昨天的颱風成對比。
   - (A) *contrast* 〔ˈkɑntræst 〕 *n.* 對照；對比；差異
     be in contrast to/with 與～成對比

(B) comparison〔kəm'pærəsn〕*n.* 比較

in comparison with 和～相比

(C) controversy〔'kɑntrə,vɜsɪ〕*n.* 爭議

(D) contrition〔kən'trɪʃən〕*n.* 悔恨

6. (**D**) 麥可決定大學要<u>主修歷史</u>。

(A) take part in 參加

(B) get rid of 除去

(C) enroll *sb.* in 使（人）加入（會或組織等）

(D) *major in* 主修

7. (**D**) 別吃這麼快。<u>慢慢來</u>，享受你的餐點。

take one's time 從容進行；慢慢來

8. (**C**) 在家中缺乏紀律，<u>是</u>校園暴力增加<u>的原因</u>。

(A) make for 有助於

(B) head for 朝…前進

(C) *account for* 說明；成爲～的原因

(D) compensate for 補償 compensate〔'kɑmpən,set〕*v.* 補償

* lack〔læk〕*n.* 缺乏 discipline〔'dɪsəplɪn〕*n.* 紀律

increase〔'ɪnkris〕*n.* 增加 violence〔'vaɪələns〕*n.* 暴力

campus〔'kæmpəs〕*n.* 校園

9. (**D**) <u>在這樣狂風暴雨的夜裡</u>，你最好待在室內。

表示「在…的夜裡」，用「*on* the/a…night」，選 (D)。

* *had better* + *V.* 最好～ wild〔waɪld〕*adj.* 狂風暴雨的

10. (**B**) 你來拜訪我們，<u>真是體貼</u>。

It is thoughtful of sb. to V. 某人做～是很體貼的

* thoughtful〔'θɔtfəl〕*adj.* 體貼的

11. (**C**) 我認爲他<u>提出</u>的是個好決定。

(A) put up with 忍受

(B) make up with *sb.* 跟某人和好

(C) *come up with* 提出　　(D) catch up with 趕上

* decision〔dɪˈsɪʒən〕*n.* 決定

12. (**B**) 他<u>必定會</u>早睡早起。

make it a point to V. 必定～（= *make a point of V-ing*）

emphasis〔ˈɛmfəsɪs〕*n.* 強調；重視

* *go to bed* 就寢　　*get up* 起床

13. (**C**) 一封求職信就是一封銷售信；<u>在信中</u>，你既是推銷員，也是產品。

空格引導形容詞子句，修飾先行詞 letter，而空格之後爲完整句，

故應填關係副詞，依句意選 (C) *where*，相當於 in the letter。

* application〔ˌæpləˈkeʃən〕*n.* 申請　　*job application* 求職

salesperson〔ˈselzˌpɝsn〕*n.* 銷售員；推銷員

product〔ˈprɑdʌkt〕*n.* 產品

14. (**C**) 再多努力一點，你就會成功。

連接兩個子句須有連接詞，故 (A) 不合，依句意，選 (C) *and*。

而 (B) or「否則」、(D) because「因爲」，皆不合。

* *make an effort* 努力　　succeed〔səkˈsid〕*v.* 成功

15. (**D**) 我以前帶我兒子去游泳池，然後看他<u>游泳</u>。

watch 爲感官動詞，後面須接原形動詞，故選 (D) *swim*。

* *used to V.* 以前　　pool〔pul〕*n.* 水池；游泳池

第二部份：段落填空

第 16 至 20 題

　　角色<u>處理方式</u>的改變，是莎士比亞身爲劇作家成長的重要指標。在他早期
　　　　　16
的劇本中，男性與女性比較多是受外在力量的<u>牽制</u>，多於內心的掙扎。<u>如同羅</u>
　　　　　　　　　　　　　　　　　　　　　17　　　　　　　　　　　　18

密歐與茱麗葉這部早期的傑出悲劇，劇中的男主角較多與外在的阻礙在作戰，
　　　　　　　　18
而不是自己的內心。後期的悲劇鉅作，就比較強調內在的衝突，如同哈姆雷特
與馬克白。莎士比亞逐漸變得較不在乎劇中的小細節。他對於角色的描寫變得
越來越有興趣——從邪惡對於馬克白以及他老婆的影響、妒忌對於奧塞羅的影
響、優柔寡斷對於哈姆雷特的影響，還有探索他筆下的角色爲了逃避自身行爲
　　　　19
後果的嘗試中。
　20

* character 〔ˋkærɪktɚ 〕 *n.* 角色　　significant 〔 sɪgˋnɪfəkənt 〕 *adj.* 重要的
index 〔ˋɪndɛks 〕 *n.* 指標　　Shakespeare 〔ˋʃek,spɪr 〕 *n.* 莎士比亞
growth 〔 groθ 〕 *n.* 成長　　dramatist 〔ˋdrɑmətɪst 〕 *n.* 劇作家；編劇
play 〔 ple 〕 *n.* 劇本　　external 〔 ɪkˋstɝnḷ 〕 *adj.* 外在的
force 〔 fors 〕 *n.* 力量；影響力　　internal 〔 ɪnˋtɝnḷ 〕 *adj.* 內在的
Romeo and Juliet 羅密歐與茱麗葉　　hero 〔ˋhɪro 〕 *n.* 男主角
fight 〔 faɪt 〕 *v.* 作戰　　obstacle 〔ˋɑbstəkḷ 〕 *n.* 阻礙
later 〔ˋletɚ 〕 *adj.* 後來的　　tragedy 〔ˋtrædʒədɪ 〕 *n.* 悲劇
conflict 〔ˋkɑnflɪkt 〕 *n.* 衝突　　emphasize 〔ˋɛmfə,saɪz 〕 *v.* 強調
case 〔 kes 〕 *n.* 情況；事件；例子　　Hamlet 〔ˋhæmlɪt 〕 *n.* 哈姆雷特
Macbeth 〔 məkˋbɛθ 〕 *n.* 馬克白　　mere 〔 mɪr 〕 *adj.* 僅僅；只
incident 〔ˋɪnsədənt 〕 *n.* 小事件；（戲劇等中的）枝節；插曲
description 〔 dɪˋskrɪpʃən 〕 *n.* 描寫　　effect 〔 ɪˋfɛkt 〕 *n.* 影響
evil 〔ˋivḷ 〕 *n.* 邪惡　　jealousy 〔ˋdʒɛləsɪ 〕 *n.* 妒忌
Othello 〔 oˋθɛlo 〕 *n.* 奧賽羅　　explore 〔 ɪkˋsplor 〕 *v.* 探索
attempt 〔 əˋtɛmpt 〕 *n.* 嘗試；企圖　　escape 〔 əˋskep 〕 *v.* 逃走；逃避
act 〔 ækt 〕 *n.* 行爲

16. (**A**)　(A) **treatment** 〔ˋtritmənt 〕 *n.* 處理方式
　　　　　(B) evaluation 〔 ɪ,væljuˋeʃən 〕 *n.* 評估
　　　　　(C) spreading 〔ˋsprɛdɪŋ 〕 *n.* 散佈
　　　　　(D) application 〔,æpləˋkeʃən 〕 *n.* 應用

17. (**D**)　(A) anxious 〔ˋæŋkʃəs 〕 *adj.* 焦慮的
　　　　　(B) possessed 〔 pəˋzɛst 〕 *adj.* 瘋狂的
　　　　　(C) expert 〔ˋɛkspɝt 〕 *adj.* 熟練的

(D) *engaged*〔ɪn'gedʒd〕*adj.* 有約束的；受制於～的

18. (**B**) 此題用的是 as～as…「如同…一樣的～」句型，as 中間可單填副詞
或形容詞，若加入名詞，則變成「as + *adj.* + N. + as」的型態，故選
(B) *as excellent an early tragedy as*。
excellent〔'ɛkslənt〕*adj.* 極優的

19. (**B**) (A) perspiration〔ˌpɝspə'reʃən〕*n.* 流汗
(B) *indecision*〔ˌɪndɪ'sɪʒən〕*n.* 優柔寡斷
(C) denunciation〔dɪˌnʌnsɪ'eʃən〕*n.* 公開的譴責
(D) dehydration〔ˌdihaɪ'dreʃən〕*n.* 脫水

20. (**C**) (A) facilities〔fə'sɪlətɪz〕*n. pl.* 設備
(B) surroundings〔sə'raʊndɪŋz〕*n. pl.* 周圍；環境
(C) *consequence*〔'kɑnsəˌkwɛns〕*n.* 後果；結果
(D) circumstance〔'sɝkəmˌstæns〕*n.* 情形；情況

第 21 至 25 題

　　許多以鳥類為對象的實驗，都是為了試著找出在牠們回家的路上，是什麼
　　　　　　　　　　　　　　　　　　　　　　　　　　　21
在引領牠們。候鳥是這種能力更驚人的實例。每年都有燕子從英國飛到南非。
牠們不僅會在隔年春天飛回英國，而且很多燕子都會回到前一年築巢的同一間
　　　　　　　　　　　　　　　　　　　　　　　　　　　　　　　22
房子。你知道牠們必須飛回來的距離有多長嗎？六千哩！

　　儘管我們做了許多努力，想要解釋這些生物是如何找到回家的路，我們仍
然不清楚。由於許多鳥類會飛越大片水域，所以我們不能用牠們是靠地標來認
　　　　　　　　　　　　　　　　　　　23　　　　　　　　　24
路作為解釋。只說牠們有種「直覺」也無法解釋完全。究其原因可能是牠們要
覓食，或是要在適當的狀況下繁衍後代。但是牠們在飛行時所使用的信號和路
標，對人類來說依舊是個謎！
　　　　　25

　　* experiment〔ɪk'spɛrəmənt〕*n.* 實驗　　*find out* 找出
　　guide〔gaɪd〕*v.* 引領　　*on one's way home* 在某人回家的路上

migrate〔ˈmaɪgret〕v. 移居；遷徙　　*migrating bird* 候鳥

amazing〔əˈmezɪŋ〕adj. 驚人的　　example〔ɪgˈzæmpl̩〕n. 實例

ability〔əˈbɪlətɪ〕n. 能力；本事　　swallow〔ˈswɑlo〕n. 燕子

nest〔nɛst〕v. 築巢　　n. 巢　　previous〔ˈprivɪəs〕adj. 之前的

in spite of 儘管　　creature〔ˈkritʃə〕n. 生物

since〔sɪns〕conj. 因為；由於　　instinct〔ˈɪnstɪŋkt〕n. 本能

obtain〔əbˈten〕v. 得到；獲得　　reproduce〔ˌriprəˈdjus〕v. 繁衍

condition〔kənˈdɪʃən〕n. 狀況　　signal〔ˈsɪgnl̩〕n. 信號

guidepost〔ˈgaɪd‚post〕n. 路標　　flight〔flaɪt〕n. 飛行

21. (**A**) (A) *in an attempt to V*. 嘗試～　　attempt〔əˈtɛmpt〕n. 嘗試

　　　　(B) for the sake of 為了…的緣故

　　　　(C) with a view to V-ing 為了～

　　　　(D) on the basis of 基於～基礎【介系詞應用 on】

22. (**A**) 在 the same 中間可插入 *very*，用來加強語氣，選 (A)。

23. (**C**) (A) region〔ˈridʒən〕n. 地區

　　　　(B) mass〔mæs〕n. 多數；大量

　　　　(C) *body*〔ˈbɑdɪ〕n. 聚集；一大片　　*a body of water* 水域

　　　　(D) location〔loˈkeʃən〕n. 地方；位置

24. (**A**) (A) *landmark*〔ˈlænd‚mark〕n. 地標

　　　　(B) guideline〔ˈgaɪd‚laɪn〕n. 指導方針

　　　　(C) spacecraft〔ˈspes‚kræft〕n. 太空船

　　　　(D) star〔star〕n. 星星

25. (**D**) (A) miracle〔ˈmɪrəkl̩〕n. 奇蹟

　　　　(B) hypothesis〔haɪˈpɑθəsɪs〕n. 假設

　　　　(C) myth〔mɪθ〕n. 神話

　　　　(D) *mystery*〔ˈmɪstrɪ〕n. 謎

第三部份：閱讀理解

第 26 至 28 題

晚間八點	改造大贏家	頻道 **2**

實境節目。參賽者裝修老房子，並試著用最高價格賣出。

	心醫院	頻道 **6**

戲劇。醫生們在治療病患的同時墜入情網及結束戀情。

晚間八點半	幸運數字	頻道 **4**

遊戲節目。參賽者回答問題並贏得獎金。

晚間九點	明星對談	頻道 **4**

談話節目。名人在現場觀眾面前接受訪談。

	極地的夏天	頻道 **6**

記錄片。科學家在南極洲測量全球暖化的影響。

晚間十點	十點新聞	頻道 **2**

每日重大新聞的晚間最新報導。

---

* remodel〔riˋmɑdḷ〕v. 改造　　channel〔ˋtʃænḷ〕n. 頻道
reality〔rɪˋælətɪ〕n. 真實　　*reality show* 實境節目
contestant〔kənˋtɛstənt〕n. 比賽者　　*fix up* 裝修
drama〔ˋdrɑmə〕n. 戲劇　　*fall in love* 墜入愛河
fall out of love 結束戀情　　cure〔kjʊr〕v. 治療
patient〔ˋpeʃənt〕n. 病人　　prize〔praɪz〕n. 獎金；獎品
talk show 談話節目　　celebrity〔səˋlɛbrətɪ〕n. 名人
live〔laɪv〕adj. 現場的　　audience〔ˋɔdɪəns〕n. 觀眾
pole〔pol〕n. 極地　　documentary〔͵dɑkjəˋmɛntərɪ〕n. 記錄片
measure〔ˋmɛʒɚ〕v. 測量　　effect〔ɪˋfɛkt〕n. 影響

global〔'globl〕 *adj.* 全球的　　warming〔'wɔrmɪŋ〕 *n.* 暖化
Antarctica〔æntˈɑrktɪkə〕 *n.* 南極洲　　update〔'ʌp,det〕 *n.* 最新報導
top〔tɑp〕 *adj.* 重要的　　story〔'storɪ〕 *n.*（新聞）報導

26.（**A**）在哪一個節目中，人們要互相競爭？

　　(A) 改造大贏家　　　　　　　(B) 明星對談
　　(C) 心醫院　　　　　　　　　(D) 極地的夏天
　　* program〔'progræm〕 *n.* 節目　　compete〔kəm'pit〕 *v.* 競爭

27.（**D**）你幾點可以知道最新資訊？

　　(A) 每小時。　　　　　　　　(B) 晚間八點。
　　(C) 晚間九點。　　　　　　　(D) 晚間十點。

28.（**B**）哪個節目的播出時間最短？

　　(A) 改造大贏家　　　　　　　(B) 幸運號碼
　　(C) 明星對談　　　　　　　　(D) 十點新聞

第 29 至 31 題

　　　想在日本購買快速又便宜的點心或餐點，最好的地方就是在火車站裡。只要約一元美金，旅客就可以在車站裡買到一個便當，然後帶上火車。這種專為旅客準備的便當叫作鐵路便當（ekiben），在日本已經流行超過八十年。

　　　旅客可以從多種鐵路便當中選擇。有些包含用海苔或是竹葉包的小飯糰，上面鋪著煮好的雞肉或魚和蔬菜。其他鐵路便當則包含壽司——生魚片和飯。在一個便當中，有多達十一種不同的食物。所有的鐵路便當都很健康、色彩鮮豔，而且排列得很吸引人。

　　　在日本的大城市裡，鐵路便當是在火車站裡的大型廚房做的。工人在夜裡要準備數千個便當，在早上七點時供應給旅客，或是其他前往上班途中的人。

* inexpensive〔ˌɪnɪkˈspɛnsɪv〕*adj.* 便宜的　　snack〔snæk〕*n.* 點心
ekiben　駅弁；鐵路便當　　*choose from* 從…中挑選
contain〔kənˈten〕*v.* 包含　　*rice ball* 飯糰
wrap〔ræp〕*v.* 包；裹　　seaweed〔ˈsiˌwid〕*n.* 海草；海苔
bamboo〔bæmˈbu〕*n.* 竹子　　raw〔rɔ〕*adj.* 生的
as many as 多達　　include〔ɪnˈklud〕*v.* 包含
single〔ˈsɪŋɡḷ〕*adj.* 單一個　　attractively〔əˈtræktɪvlɪ〕*adv.* 吸引人地
arrange〔əˈrendʒ〕*v.* 排列　　*thousands of* 數以千計的

29.（ **C** ）鐵路便當在哪裡販售？

　　(A) 在火車上。　　　　　　　(B) 在大型廚房中。
　　(C) 在車站月台。　　　　　　(D) 在街角。
　　* platform〔ˈplætˌfɔrm〕*n.* 月台　　corner〔ˈkɔrnɚ〕*n.* 角落

30.（ **D** ）根據本文，對於旅客來說，哪些是鐵路便當的優點？

　　(A) 食物的種類繁多。　　　　(B) 食物的口味道地。
　　(C) 低價。　　　　　　　　　(D) 以上皆是。
　　* advantage〔ədˈvæntɪdʒ〕*n.* 優點　　*a variety of* 各式各樣的
　　local〔ˈlokḷ〕*adj.* 當地的　　taste〔test〕*n.* 口味

31.（ **C** ）本文主要是關於

　　(A) 日本的速食菜單。　　　　(B) 日本飲食。
　　(C) 日本為旅客準備的便當。　(D) 鐵路便當如何烹調與呈現。
　　* mainly〔ˈmenlɪ〕*adv.* 主要地　　fast-food〔ˈfæstˌfud〕*adj.* 速食的
　　diet〔ˈdaɪət〕*n.* 飲食　　serve〔sɝv〕*v.*（以…狀態）端出

第 32 至 34 題

　　　在一群人面前發表演說通常是種可怕的經驗，但是我們大部分
的人遲早都會被要求發表演說。你應該要能在其他人面前演說──
在教室裡、在會議上，或是在特殊活動裡。事先規劃可以幫助你面
對挑戰。

　　首先，徹底研究你的主題。到圖書館查查與你的主題有關的事實、引言、書籍，以及現在的報章雜誌報導。與專家們連絡。寫信給他們、打電話給他們，並訪問他們，來幫助你的資料更為豐富。你要學習比演講時會用到的還要多。那些知識對你的幫助超過一切。

　　現在開始組織和寫作。把你的演講重點寫在小索引卡片上，而不是紙上。你不應該用讀稿的方式使觀眾無聊。你在卡片上做的筆記是要提醒自己想說的要點。

　　在鏡子前排練演說。你越熟悉演講的內容，你就越能展現自信。查字典找出正確的含義與發音。

　　最後，要相信幾乎沒有人能夠避免演講前的緊張。這種感覺利多於弊。演講者在緊張時通常有比較好的表現。

---

* terrifying〔'tɛrə,faɪŋ〕*adj.* 可怕的　　experience〔ɪk'spɪrɪəns〕*n.* 經驗
speech〔spitʃ〕*n.* 演說　　***make a speech*** 發表演說
sooner or later 遲早　　event〔ɪ'vɛnt〕*n.* 事件；活動
in advance 預先　　meet〔mit〕*v.* 面對；處理
challenge〔'tʃælɪndʒ〕*n.* 挑戰　　research〔rɪ'sɝtʃ〕*v.* 研究；調查
topic〔'tɑpɪk〕*n.* 主題　　thoroughly〔'θɝolɪ〕*adv.* 徹底地
quote〔kwot〕*n.* 引文　　current〔'kɝənt〕*adj.* 現今的
article〔'ɑrtɪkl̩〕*n.* 文章　　***get in touch with*** *sb.* 與某人連絡
expert〔'ɛkspɝt〕*n.* 專家　　***make a phone call*** 打電話
enrich〔ɪn'rɪtʃ〕*v.* 使豐富　　material〔mə'tɪrɪəl〕*n.* 資料
knowledge〔'nɑlɪdʒ〕*n.* 知識　　organize〔'ɔrgən,aɪz〕*v.* 組織
index〔'ɪndɛks〕*n.* 索引　　***rather than*** 而不是
bore〔bor〕*v.* 使無聊　　note〔not〕*n.* 備忘錄；筆記
remind〔rɪ'maɪnd〕*v.* 提醒　　point〔pɔɪnt〕*n.* 重點
rehearse〔rɪ'hɝs〕*v.* 預演　　familiar〔fə'mɪljə〕*adj.* 熟悉的 < *with* >
confidently〔'kɑnfədəntlɪ〕*adv.* 有自信地
deliver〔dɪ'lɪvə〕*v.* 發表（演講）

consult〔kən'sʌlt〕*v.* 查閱（字典等）

proper〔'prɑpə〕*adj.* 正確的　　meaning〔'minɪŋ〕*n.* 含義

pronunciation〔prə,nʌnsɪ'eʃən〕*n.* 發音

assured〔ə'ʃʊrd〕*adj.* 確定的

few〔fju〕*adj.* 很少的；幾乎沒有的

escape〔ə'skep〕*v.* 逃避；免於

butterflies〔'bʌtə,flaɪz〕*n. pl.* 緊張；忐忑不安

beneficial〔,bɛnə'fɪʃəl〕*adj.* 有益的

harmful〔'hɑrmfəl〕*adj.* 有害的　　***keyed up*** 緊張；興奮

32. (**B**) 作者寫本文的目的是

(A) 強調發表演說的重要。　　(B) 建議發表好演講的計畫。

(C) 建議演講的題目。　　　　(D) 告知如何略述演講要點。

* author〔'ɔθə〕*n.* 作者　　purpose〔'pɝpəs〕*n.* 目的
emphasize〔'ɛmfə,saɪz〕*v.* 強調
recommend〔,rɛkə'mɛnd〕*v.* 推薦；建議
outline〔'aʊt,laɪn〕*v.* 略述…的要點

33. (**A**) 作者會如何建議演說者來處理緊張的情緒？

(A) 接受所有的演說者都很緊張的事實。

(B) 在演講時承認自己很緊張。

(C) 慢慢讀稿。

(D) 把演講內容背下來。

* advise〔əd'vaɪz〕*v.* 建議　　handle〔'hændḷ〕*v.* 處理
nervousness〔'nɝvəsnɪs〕*n.* 緊張　　accept〔ək'sɛpt〕*v.* 接受
admit〔əd'mɪt〕*v.* 承認　　memorize〔'mɛmə,raɪz〕*v.* 背誦

34. (**C**) 作者最重要的建議是

(A) 查字典。　　　　　　　(B) 使用索引卡片。

(C) 成爲該主題的專家。　　(D) 在鏡子前排練。

* advice〔əd'vaɪs〕*n.* 建議

第 35 至 37 題

> 　　許多人跑步是爲了競賽或運動。但是如果你不是「天生的」跑者或是慢跑者呢？你可能還是會想要做便宜又簡單的運動。何不試試走路呢？
>
> 　　走路是幾乎任何正常、健康的人都可以做的事。它不需要特殊器材。走路有許多像慢跑或跑步一樣的益處；只是要花比較多的時間。和走路相比，慢跑與跑步使你的心臟和肺運作得更費力。慢跑與跑步對於腿和腳所造成的壓力也比走路更多。
>
> 　　把走路當成一種運動的問題是，大部分的人並不認眞看待它。認眞的走路跟我們大部分人走路的方式有很大的不同。走路就像慢跑一樣，應該有穩定且持續的動作。

* sport ﹙ sport ﹚ n. 競賽；運動　　born ﹙ bɔrn ﹚ adj. 天生的
jogger ﹙ ˈdʒɑgɚ ﹚ n. 慢跑者　　normal ﹙ ˈnɔrml ﹚ adj. 正常的
equipment ﹙ ɪˈkwɪpmənt ﹚ n. 設備；器材　　benefit ﹙ ˈbɛnəfɪt ﹚ n. 益處
lung ﹙ lʌŋ ﹚ n. 肺　　stress ﹙ strɛs ﹚ n. 壓力
seriously ﹙ ˈsɪrɪəslɪ ﹚ adv. 認眞地　　**take sth. seriously** 認眞看待某事
steady ﹙ ˈstɛdɪ ﹚ adj. 穩定的　　continuous ﹙ kənˈtɪnjʊəs ﹚ adj. 持續的

35. (**D**) 這些敘述何者證明走路是便宜運動的觀念？

(A) 走路是一種運動。　　　　(B) 走路需要定期的計畫。
(C) 走路和跑步有許多一樣的益處。　　(D) 走路不需要特殊器材。

* support ﹙ səˈport ﹚ v. 證明（陳述）
regular ﹙ ˈrɛgjələ ﹚ adj. 規律的；定期的

36. (**C**) 根據本文，走路應該

(A) 儘快。　　　　　　　　　(B) 以走走停停的方式進行。
(C) 以穩定的步調進行。　　　(D) 和慢跑同時進行。

* **as…as possible** 儘量　　pace ﹙ pes ﹚ n. 步調

37. (**A**) 作者可能認為

(A) 每個人都應該走路或慢跑。

(B) 如果你走路，你就不應該慢跑。

(C) 走路是一種變態的運動。

(D) 如果你慢跑，你就不應該走路。

* believe〔bəˋliv〕*v.* 相信；認為

　abnormal〔æbˋnɔrml̩〕*adj.* 反常的；變態的

第 38 至 40 題

發生什麼事？

手工藝博覽會

手工玩具、蠟燭、毛線衣，以及更多精美的手製品。瀏覽商店，或是報名課程，學習如何自己動手做！裘蒂手工藝品小東西。五月十八日星期六，上午十點至下午六點。

海灣市馬拉松

參加這個具挑戰性的二十公里賽跑（需事先登記），或是直接到場加油。本活動起點是林肯廣場，路線將會經過許多舊城區。參考資料、地圖，以及報名表，可從 www.bcmarathon.org 這個網站取得。五月十八日星期六，上午八點。

讀書會

作家琳達‧瓊斯將會朗讀她的最新小說中的一段摘錄。接著會有短暫的討論和簽書會。書，書，書，克拉克街 49 號。五月十九日星期日，下午三點。

---

* ***What's going on?*** 發生什麼事？

　craft〔kræft〕*n.* 手工藝　*v.* 精美地製作

　fair〔fɛr〕*n.* 博覽會　　handmade〔ˋhændˏmed〕*adj.* 手工製的

finely〔'faɪnlɪ〕*adv.* 精美地　　item〔'aɪtəm〕*n.* 品項

browse〔brauz〕*v.* 瀏覽　　***sign up*** 報名

bay〔be〕*n.* 海灣　　marathon〔'mærə.θɑn〕*n.* 馬拉松賽跑

enter〔'ɛntɚ〕*v.* 參加　　challenging〔'tʃælɪndʒɪŋ〕*adj.* 有挑戰性的

run〔rʌn〕*n.* 賽跑　　registration〔.rɛdʒɪ'streʃən〕*n.* 登記

pre-registration 預先登記　　require〔rɪ'kwaɪr〕*v.* 需要

come out 出現　　cheer〔tʃɪr〕*v.* 加油；鼓勵

fairground〔'fɛr.graund〕*n.* 賽會場所；集會廣場

route〔rut〕*n.* 路線　　***pass through*** 通過；經過

downtown〔'daun'taun〕*adj.* 市中心的

form〔fɔrm〕*n.* 表格　　extract〔'ɛkstrækt〕*n.* 摘錄

novel〔'nɑvḷ〕*n.* 小說　　discussion〔dɪ'skʌʃən〕*n.* 討論

signing〔'saɪnɪŋ〕*n.* 簽名　　follow〔'fɑlo〕*v.* 跟隨

38. (**B**) 什麼在做廣告？

(A) 傳統節慶。　　　　　(B) <u>社區活動。</u>

(C) 大學課程。　　　　　(D) 不知道。

* advertise〔'ædvɚ.taɪz〕*v.* 為…做廣告

　traditional〔trə'dɪʃənḷ〕*adj.* 傳統的

　festival〔'fɛstəvḷ〕*n.* 節慶　　community〔kə'mjunətɪ〕*n.* 社區

　course〔kors〕*n.* 課程　　unknown〔ʌn'non〕*adj.* 未知的

39. (**A**) 馬拉松跑者應該要做什麼？

(A) <u>上 www.bcmarathon.org 網站。</u>

(B) 在林肯廣場登記。

(C) 在五月十五日前參加。

(D) 買一張市中心區的地圖。

* register〔'rɛdʒɪstɚ〕*v.* 登記

40. (**D**) 讀書會將會持續多久？

(A) 三小時。　　　　　　(B) 星期天。

(C) 直到下午三點。　　　　(D) <u>不知道。</u>

* last〔læst〕*v.* 持續

中級英語檢定模擬試題 ③ 詳解

第一部份：看圖辨義

第一題和第二題，請看圖片 **A**。

1. (**C**) 誰會對這則公告最有興趣？

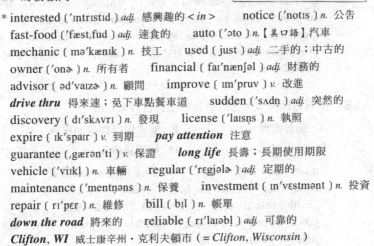

A. 速食店員工。

B. 汽車技工。

C. <u>中古車車主。</u>

D. 財務顧問。

* interested (ˋɪntrɪstɪd) *adj.* 感興趣的 < in >　notice (ˋnotɪs) *n.* 公告
fast-food (ˋfæst͵fud) *adj.* 速食的　auto (ˋɔto) *n.*【美口語】汽車
mechanic (məˋkænɪk) *n.* 技工　used (just) *adj.* 二手的；中古的
owner (ˋonɚ) *n.* 所有者　financial (faɪˋnænʃəl) *adj.* 財務的
advisor (ədˋvaɪzɚ) *n.* 顧問　improve (ɪmˋpruv) *v.* 改進
drive thru 得來速；免下車點餐車道　sudden (ˋsʌdn̩) *adj.* 突然的
discovery (dɪˋskʌvrɪ) *n.* 發現　license (ˋlaɪsn̩s) *n.* 執照
expire (ɪkˋspaɪr) *v.* 到期　***pay attention*** 注意
guarantee (͵gærənˋti) *v.* 保證　***long life*** 長壽；長期使用期限
vehicle (ˋviɪkl̩) *n.* 車輛　regular (ˋrɛgjələ) *adj.* 定期的
maintenance (ˋmentnəns) *n.* 保養　investment (ɪnˋvɛstmənt) *n.* 投資
repair (rɪˋpɛr) *n.* 維修　bill (bɪl) *n.* 帳單
down the road 將來的　reliable (rɪˋlaɪəbl̩) *adj.* 可靠的
***Clifton*, WI** 威士康辛州・克利夫頓市 (= *Clifton, Wisconsin*)

2. (**A**) 請再看圖片 **A**。這則公告在推銷什麼？

A. <u>中古車輛的定期維修保養。</u>

B. 對餐飲服務業的精明投資。

C. 仔細注意道路安全規定。

D. 開車經驗的些許改善。

* promote (prəˋmot) *v.* 促銷　service (ˋsɝvɪs) *n.* 服務業
regulation (͵rɛgjəˋleʃən) *n.* 規定　slight (slaɪt) *adj.* 少許的；稍微的
improvement (ɪmˋpruvmənt) *n.* 改善
experience (ɪkˋspɪrɪəns) *n.* 經驗

第三題和第四題，請看圖片 B。

3. (**A**) 這則公告的目標讀者是誰？

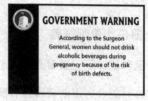

A. 懷孕婦女。

B. 年長的男性。

C. 積極的青少年。

D. 新生兒。

* intended〔ɪn'tɛndɪd〕*adj.* 預期的　audience〔'ɔdɪəns〕*n.* 觀眾
intended audience 目標讀者　pregnant〔'prɛgnənt〕*adj.* 懷孕的
elderly〔'ɛldəlɪ〕*adj.* 年長的　active〔'æktɪv〕*adj.* 積極的
teenager〔'tin,edʒə〕*n.* 青少年　newborn〔'nju,bɔrn〕*adj.* 新生的
government〔'gʌvənmənt〕*n.* 政府　warning〔'wɔrnɪŋ〕*n.* 警告
surgeon〔'sɝdʒən〕*n.* 外科醫生　***Surgeon General*** 衛生局長
alcoholic〔,ælkə'hɔlɪk〕*adj.* 酒精的　beverage〔'bɛvərɪdʒ〕*n.* 飲料
pregnancy〔'prɛgnənsɪ〕*n.* 懷孕期間　defect〔'difɛkt〕*n.* 缺陷
birth defect 先天缺陷

4. (**B**) 請再看圖片 B。這則公告的主要目的是什麼？

A. 抱怨問題。　　　　　B. 警告影響健康的風險。

C. 銷售商品。　　　　　D. 解釋新政策。

* main〔men〕*adj.* 主要的　purpose〔'pɝpəs〕*n.* 目的
complain〔kəm'plen〕*v.* 抱怨　warn〔wɔrn〕*v.* 警告
health〔hɛlθ〕*n.* 健康　risk〔rɪsk〕*n.* 危險；風險
product〔'prɑdʌkt〕*n.* 產品　explain〔ɪk'splen〕*v.* 解釋；說明
policy〔'pɑləsɪ〕*n.* 政策

第五題，請看圖片 C。

5. (**C**) 這位男士正在做什麼？

A. 他在打棒球。　　　　B. 他在打籃球。

C. 他在打網球。　　　　D. 他在下西洋棋。

* baseball〔'bes,bɔl〕*n.* 棒球
basketball〔'bæskɪt,bɔl〕*n.* 籃球
tennis〔'tɛnɪs〕*n.* 網球　chess〔tʃɛs〕*n.* 西洋棋

第六題到第八題，請看圖片 D。

6. (**C**) 關於雷吉何者正確？

      A. 他在騎腳踏車。

      B. 他戴著帽子。

      <u>C. 他坐在輪椅上。</u>

      D. 他拿著一本書。

      * wheelchair〔'hwil'tʃɛr〕*n.* 輪椅　　hold〔hold〕*v.* 拿著

7. (**B**) 請再看圖片 D。唐納德肩膀上扛著什麼？

      A. 一顆籃球。   <u>B. 一台收音機。</u>

      C. 一些畫筆。   D. 他的午餐。

      * carry〔'kærɪ〕*v.* 攜帶；搬運　　shoulder〔'ʃoldə〕*n.* 肩膀

      brush〔brʌʃ〕*n.* 刷子；畫筆　　*paint brush* 畫筆

8. (**C**) 請再看圖片 D。關於黛西何者可能是正確的？

      A. 她是一位很好的運動員。   B. 她眼睛看不見。

      <u>C. 她正在學習如何畫畫。</u>   D. 她是位很棒的舞者。

      * probably〔'prɑbəblɪ〕*adv.* 可能　　athlete〔'æθlit〕*n.* 運動員

      blind〔blaɪnd〕*adj.* 瞎眼的　　paint〔pent〕*v.*（用顏料）畫

      dancer〔'dænsə〕*n.* 舞者

第九題和第十題，請看圖片 E。

9. (**B**) 哪項敘述最符合這張圖片？

      A. 兩位學生正在大廳打架。

      <u>B. 兩位學生被叫去見校長。</u>

      C. 兩位學生正在等公車。

      D. 兩位學生因為生病被送回家。

      * description〔dɪ'skrɪpʃən〕*n.* 敘述　　match〔mætʃ〕*v.* 符合

      fight〔faɪt〕*v.* 打架　　hall〔hɔl〕*n.* 大廳

      send〔sɛnd〕*v.* 使…前往；送　　principal〔'prɪnsəpḷ〕*n.* 校長

      due to 由於　　illness〔'ɪlnɪs〕*n.* 疾病

10.(**D**) 請再看圖片 E。這位女士最有可能在說什麼？

　　 A. 你們被開除了！

　　 B. 在某個條件下，我會幫你們兩個加薪。

　　 C. 我想要看再大一點的尺寸。

　　 D. <u>我對你們的行為感到非常地失望。</u>

　　 * fire〔faɪr〕v. 解雇；開除　　raise〔rez〕n. 加薪

　　　 condition〔kən'dɪʃən〕n. 情況；條件　　size〔saɪz〕n. 尺寸

　　　 disappointed〔,dɪsə'pɔɪntɪd〕adj. 失望的

　　　 behavior〔bɪ'hevjɚ〕n. 行為

第十一題到第十三題，請看圖片 F。

11.(**B**) 根據地圖所提供的資訊，我們可以說

　　　　 關於紐西蘭的敘述何者是正確？

　　 A. 它是由兩個島嶼所構成。

　　 B. <u>它位於太平洋上。</u>

　　 C. 它的地形大致平坦，幾乎沒有山。

　　 D. 它人口稠密。

　　 * information〔,ɪnfɚ'meʃən〕n. 資訊

　　　 provide〔prə'vaɪd〕v. 提供

　　　 map〔mæp〕n. 地圖　　　***New Zealand*** 紐西蘭

　　　 consist of 由…組成　　island〔'aɪlənd〕n. 島

　　　 be located in 位於　　***the Pacific Ocean*** 太平洋

　　　 mostly〔'mostlɪ〕adv. 大多；主要地　　flat〔flæt〕adj. 平坦的

　　　 few〔fju〕adj. 很少；幾乎沒有　　mountain〔'maʊntn̩〕n. 山

　　　 densely〔'dɛnslɪ〕adv. 稠密地；密集地

　　　 populate〔'pɑpjə,let〕v. 使居住於

　　　 densely populated 人口稠密的

12.(**A**) 請再看圖片 F。關於紐西蘭，丹尼丁位於哪裡？

　　 A. <u>它位於南島。</u>　　　　　 B. 它位於北島。

　　 C. 它位於塔斯曼海。　　　　 D. 它位於大巴里爾島。

　　 * ***in relation to*** 關於　　***Tasman Sea*** 塔斯曼海【南太平洋的一個狹長海灣】

　　　 Great Barrier 大巴里爾島【紐西蘭的第四大島】

13. (**A**) 請再看圖片 F。查克住在威靈頓，而他要去拜訪他在奧克蘭的朋友。
查克應該要往哪個方向去拜訪他的朋友？

A. 北方。　　　　　　　　　　B. 南方。
C. 東方。　　　　　　　　　　D. 西方。

* Wellington〔ˈwɛlɪŋtən〕*n.* 威靈頓【紐西蘭之首都】
　visit〔ˈvɪzɪt〕*v.* 拜訪
　Auckland〔ˈɔklənd〕*n.* 奧克蘭【紐西蘭最大城市，位於北島】
　direction〔dəˈrɛkʃən〕*n.* 方向
　travel〔ˈtrævl̩〕*v.* 移動；前進
　north〔nɔrθ〕*n.* 北方　　　south〔sauθ〕*n.* 南方
　east〔ist〕*n.* 東方　　　west〔wɛst〕*n.* 西方

第十四題和第十五題，請看圖片 G。

14. (**C**) 根據這個圖表，誰是第二好的銷售員？

A. 馬克。
B. 大衛。
C. 格雷漢。
D. 約翰。

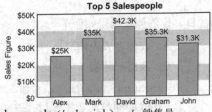

* chart〔tʃɑrt〕*n.* 圖表
　sales〔selz〕*adj.* 銷售的　　　salespeople〔ˈselzˌpipl̩〕*n. pl.* 銷售員

15. (**C**) 請再看圖片 G。比較艾利克斯和馬克的銷售額。
下列哪項敘述是正確的？

A. 馬克的銷售量是艾利克斯的兩倍。
B. 馬克和艾利克斯銷售量相同。
C. 馬克比艾利克斯多銷售了一萬元。
D. 艾利克斯的銷售量比去年三分之一。

* compare〔kəmˈpɛr〕*v.* 比較　　　figure〔ˈfɪgjə〕*n.* 數字
　statement〔ˈstetmənt〕*n.* 敘述　　　correct〔kəˈrɛkt〕*adj.* 正確的
　twice〔twaɪs〕*adv.* 兩倍地　　　identical〔aɪˈdɛntɪkl̩〕*adj.* 完全相同的
　outsell〔autˈsɛl〕*v.* 賣得比…多　　　by 表「差距」。
　a third 三分之一

第二部份：問答

16. (**A**) 你想要看看這雙鞋子的其它顏色嗎？

    A. <u>有紅色的嗎？</u>   B. 你要去那裡嗎？

    C. 它嚐起來如何？   D. 你把它們放在哪裡了？

    * taste〔test〕v. 嚐起來

17. (**A**) 你覺得我應該要帶雨傘嗎？

    A. <u>小心總比後悔好。</u>   B. 早起的鳥兒有蟲吃。

    C. 努力工作，盡情玩樂。   D. 一分耕耘，一分收穫。

    * umbrella〔ʌm'brɛlə〕n. 雨傘   safe〔sef〕adj. 安全的
       sorry〔'sɔrɪ〕adj. 遺憾的   worm〔wɝm〕n. 蟲
       hard〔hɑrd〕adv. 努力地   pain〔pen〕n. 痛苦
       gain〔gen〕n. 獲得

18. (**D**) 你的假期過得如何？

    A. 我們要去巴厘島。   B. 再過兩個禮拜。

    C. 我需要休假。   D. <u>時間不夠長。</u>

    * vacation〔ve'keʃən〕n. 假期
       Bali〔'bɑlɪ〕n. 巴厘島【在婆羅州之南，爪哇之東的一個島嶼；屬於印尼】
       break〔brek〕n. 休息時間；（短期）休假

19. (**C**) 你的老師有給你任何關於準備考試的建議嗎？

    A. 是的，我做的。   B. 是的，他們會參加考試。

    C. <u>沒有，她什麼也沒說。</u>   D. 沒有，我沒有通過。

    * advice〔əd'vaɪs〕n. 忠告；建議   pass〔pæs〕v. 通過

20. (**C**) 如果你的車在店裡，你明天早上要怎麼去上班？

    A. 我一到那裡就會打電話。   B. 我再過幾分鐘就見你。

    C. <u>我會搭公車。</u>   D. 我今晚會工作到很晚。

    * as soon as 一…就~   late〔let〕adv. 晚地

21. (**B**) 賴瑞獲准進入哈佛和耶魯兩所大學。

    A. 我替你感到遺憾！   B. <u>他可真行啊！</u>

    C. 對他們來說太糟了！   D. 我們真丟臉！

    * accept〔ək'sɛpt〕v. 接受

      Harvard〔'hɑrvəd〕n. 哈佛大學【在麻薩諸塞州劍橋市之美國最古老大學，

         創立於 1636 年】

      Yale〔jel〕n. 耶魯大學【位於美國康乃狄克州新哈芬；創立於 1701 年】

      shame〔ʃem〕n. 恥辱；丟臉

22. (**C**) 你什麼時候方便進來？

    A. 在前門旁邊。   B. 我先生會載我。

    C. <u>明天三點。</u>   D. 直到七點。

    * convenient〔kən'vinjənt〕adj. 方便的   by〔baɪ〕prep. 在…旁邊

      front〔frʌnt〕adj. 前面的   ***give sb. a ride*** 開車載某人

23. (**A**) 如果我把我們的午餐約會改到下禮拜的話，你會介意嗎？

    A. <u>事實上，我下禮拜非常忙。</u> B. 老實說，我並不是很餓。

    C. 說正經地，你應該去。   D. 通常，但不是今天。

    * mind〔maɪnd〕v. 介意   reschedule〔ri'skɛdʒul〕v. 重新安排時間

      date〔det〕n. 約會   actually〔'æktʃuəlɪ〕adv. 事實上

      super〔'supə〕adv. 非常；極   honestly〔'ɑnɪstlɪ〕adv. 坦白說

      seriously〔'sɪrɪəslɪ〕adv. 說正經地   usually〔'juʒuəlɪ〕adv. 通常

24. (**A**) 妳這個決定非常明智，雪莉。

    A. <u>謝謝。</u>   B. 不客氣。

    C. 我很抱歉。   D. 不好意思。

    * wise〔waɪz〕adj. 聰明的   decision〔dɪ'sɪʒən〕n. 決定

25. (**B**) 我很抱歉，福斯特先生不在辦公室。你想要留言嗎？

    A. 不，他不在這裡。   B. <u>不用，我會再打給他。</u>

    C. 是的，我很好。   D. 是的，我可以。

    * leave〔liv〕v. 留   message〔'mɛsɪdʒ〕n. 信息

    call sb. back 再打電話給某人；回電給某人

26. (**B**) 你確定這些檔案需要更新嗎？

A. 這些檔案在硬碟裡。　　　B. 我很確定它們需要。

C. 偶爾。　　　　　　　　　D. 把它們放在桌上。

* file〔faɪl〕*n.* 檔案　　update〔ʌp'det〕*v.* 更新　　***hard drive*** 硬碟

pretty〔'prɪtɪ〕*adv.* 相當；非常　　***once in a while*** 偶爾

27. (**C**) 詹姆斯說他準備好要當一輩子的單身漢了。

A. 我有見過幾次新娘。　　　B. 他之前不是在那裡上班嗎？

C. 單身並沒有什麼不好。　　D. 我們已經結婚七年了。

* bachelor〔'bætʃələ〕*n.* 單身漢；未婚男子

rest〔rɛst〕*n.* 其餘的人或物　　bride〔braɪd〕*n.* 新娘

several〔'sɛvərəl〕*adj.* 幾個的　　***used to*** 以前

there is nothing wrong with… …沒有什麼不好

single〔'sɪŋgl〕*adj.* 單身的　　married〔'mærɪd〕*adj.* 已婚的

28. (**A**) 從機場到市中心哪個方式最方便？

A. 這要看你願意花多少錢。

B. 除非高速公路塞車，不然應該不會花很多時間。

C. 比你的航班時間至少早兩個小時到那裡。

D. 沒有任何事能阻止你到市中心。

* downtown〔'daʊn'taʊn〕*adv.* 到市中心　　airport〔'ɛr,port〕*n.* 機場

depend on 取決於；視…而定　　willing〔'wɪlɪŋ〕*adj.* 願意的

take long 花很久時間　　unless〔ən'lɛs〕*conj.* 除非

traffic〔'træfɪk〕*n.* 塞車（= a traffic jam）

freeway〔'fri,we〕*n.* 高速公路　　***at least*** 至少

flight〔flaɪt〕*n.* 航班

29. (**C**) 這個的錢你想要怎麼付？我們接受現金，還有大公司發行的信用卡。

A. 這是無法接受的。　　　　B. 你不需要回答。

C. 我會付現。　　　　　　　D. 再多帶三個。

* pay〔pe〕*v.* 支付　　cash〔kæʃ〕*n.* 現金

major〔'medʒə〕*adj.* 主要的

major credit card 主要信用卡；大公司發行的信用卡

acceptable〔ək'sɛptəbl〕*adj.* 可接受的　　answer〔'ænsə〕*v.* 回答

30. (**C**) 你知道葛蘭達去了哪裡嗎？

    A. 她感冒了。   B. 她交了一個新朋友。

    C. <u>她跟醫生有約。</u>   D. 她整天都在這裡。

    * *have a cold* 感冒   appointment (ə'pɔɪntmənt) *n.* 約會

第三部份：簡短對話

31. (**B**) 女：有沒有人有任何問題？是的，哈利？

    男：妳的上課內容可以錄音嗎？

    女：如果不影響上課的話是可以的。

    男：但是妳說上課禁止使用手機和筆電。

    女：沒錯。如果你打算要錄我的授課內容的話，我建議你找其他替代的方法。

    男：我有一個攜帶型手提式錄音裝置。那樣可以嗎？

    女：那樣可以。

    問：這段對話最有可能發生在哪裡？

    A. 在商務會議中。   B. <u>在教室裡。</u>

    C. 在銀行裡。   D. 在購物中心裡。

    * allow (ə'lau) *v.* 允許   record (rɪ'kɔrd) *v.* 將…錄音

    lecture ('lɛktʃə) *n.* 講課   fuss (fʌs) *n.* 大驚小怪；忙亂

    cell phone 手機   laptop ('læp,tɑp) *n.* 筆記型電腦

    ban (bæn) *v.* 禁止   correct (kə'rɛkt) *adj.* 正確

    plan on 打算   recommend (,rɛkə'mɛnd) *v.* 推薦

    alternative (ɔl'tɜnətɪv) *adj.* 代替的   method ('mɛθəd) *n.* 方法

    portable ('portəbḷ) *adj.* 可攜帶的

    hand-held ('hænd,hɛld) *adj.* 手提式的   device (dɪ'vaɪs) *n.* 裝置

    take place 發生   meeting ('mitɪŋ) *n.* 會議

    shopping mall 購物中心

32. (**B**) 男：嗨，蕾蒙娜。妳昨天晚上有看總統的演講嗎？

    女：有啊。

    男：妳對於醫療改革法案的提案有什麼看法？

    女：我不認為我真有什麼「看法」，布萊恩。

男：噢，我以爲妳對政治很有興趣。

女：嗯，我試著隨時了解最新的時事，但那並不表示我一定對事情有自己的意見。

男：我了解了。

問：關於說話者，我們知道什麼？

A. 他們兩個都對政治有興趣。

B. 他們兩個都看了總統的演講。

C. 他們兩個都反對健康保健法案。

D. 他們兩個都對提案有意見。

* president (ˈprɛzədənt) *n.* 總統　　speech (spitʃ) *n.* 演說
take (tek) *n.* 看法　　proposed (prəˈpozd) *adj.* 被提議的
health care 醫療　　reform (rɪˈfɔrm) *n.* 改革
bill (bɪl) *n.* 法案　　***be interested in*** 對…有興趣
politics (ˈpɑlə.tɪks) *n.* 政治
keep up to date 與時俱進；了解最新情況
current (ˈkɜənt) *adj.* 現今的　　affair (əˈfɛr) *n.* 事情
current affair 時事　　opinion (əˈpɪnjən) *n.* 意見
I get it. 我了解了。　　oppose (əˈpoz) *v.* 反對
proposal (prəˈpozl) *n.* 提議；提案

33. (**C**) 女：你已經決定誰會是銷售團隊的新領導者了嗎？

男：我已經縮小範圍到兩個人了。

女：可以透露這兩人的一些線索嗎？

男：嗯，我不想要破壞驚喜，但妳是其中之一。

女：是我？！

男：是的。是妳和約翰·貝克。

女：哇，眞是非常榮幸。但說實在的，約翰比我有更多的經驗。

男：我有考慮到這點。經驗只是整體考量的一個層面而已。

問：爲什麼這位女士會感到驚訝？

A. 她不在銷售部門裡。

B. 她有很多的經驗。

C. 她沒有預期自己會被提名。

D. 她沒有考慮過這些可能性。

* decide〔 dɪˈsaɪd 〕*v.* 決定　　leader〔ˈlidə〕*n.* 領導者
sales〔 selz 〕*adj.* 銷售的　　team〔 tim 〕*n.* 隊
narrow down 縮小範圍　　clue〔 klu 〕*n.* 線索
spoil〔 spɔɪl 〕*v.* 破壞　　surprise〔 səˈpraɪz 〕*n.* 驚喜
honored〔ˈɑnəd〕*adj.* 感到光榮的　　***to tell you the truth*** 老實說
experience〔 ɪkˈspɪrɪəns 〕*n.* 經驗
take *sth.* ***into consideration*** 將某事考慮在內
aspect〔ˈæspɛkt〕*n.* 方面　　***big picture*** 事情的大局
department〔 dɪˈpɑrtmənt 〕*n.* 部門　　expect〔 ɪkˈspɛkt 〕*v.* 預期
name〔 nem 〕*v.* 提名　　consider〔 kənˈsɪdə 〕*v.* 考慮
possibility〔ˌpɑsəˈbɪlətɪ〕*n.* 可能性

34. (**D**)　男：妳在紐約的時候有見到珍嗎？
　　　　女：我們曾經約了某一天一起吃午餐，但後來沒吃成。
　　　　男：那真可惜。珍是個很好的女孩。
　　　　女：她也真的很忙。她才剛剛開始她的新工作，而且最近和她的男
　　　　　　朋友訂婚了。
　　　　男：妳下個月會回去嗎？
　　　　女：是的。
　　　　男：也許你到時候可以和她見面。

　　　　問：女士下個月會做什麼？

　　　　A. 和珍見面吃午餐。　　　　B. 開始新的工作。
　　　　C. 結婚。　　　　　　　　　D. 回紐約。

* while〔 waɪl 〕*conj.* 當…的時候　　New York〔 njuˈjɔrk 〕*n.* 紐約
be supposed to 應該　　happen〔ˈhæpən〕*v.* 發生
shame〔 ʃem 〕*n.* 可惜的事　　recently〔ˈrisn̩tlɪ〕*adv.* 最近
engage〔 ɪnˈgedʒ 〕*v.* 使訂婚　　***get engaged to*** 和…訂婚
then〔 ðɛn 〕*adv.* 那時　　return〔 rɪˈtɜn 〕*v.* 返回

35. (**A**)　女：我可以跟你借五十美元嗎？
　　　　男：為什麼？
　　　　女：那不重要。我把我的提款卡忘在家了，而我現在身上只有兩塊
　　　　　　錢。所以你覺得怎樣？
　　　　男：好，拿去吧。妳什麼時候可以還我錢？

女：明天一早就還。

男：妳保證？

女：我保證。

問：這位女士請這位男士做什麼？

A. 借她錢。　　　　　　　　　　B. 幫她提袋子。

C. 把五十元紙鈔換成零錢。　　　D. 帶她去自動提款機。

* borrow〔'bɔro〕*v.* 借（入）　　buck〔bʌk〕*n.* 一美元

　　For what? 為什麼？（= *why*）　　leave〔liv〕*v.* 遺留

　　ATM card 提款卡　　*What do you say?* 你覺得如何呢？

　　pay back 償還　　promise〔'prɑmɪs〕*v.* 答應；保證

　　loan〔lon〕*v.* 將（錢、物）借給（人）

　　carry〔'kærɪ〕*v.* 搬運；攜帶　　change〔tʃendʒ〕*n.* 零錢

　　make change 換零錢　　bill〔bɪl〕*n.* 紙鈔

　　ATM 自動提款機（= *automated-teller machine*）

36. (**A**) 男：嗨，蒂娜！見到妳真好。謝謝妳來。

女：這是我的榮幸，羅德。謝謝你邀請我。

男：妳在開玩笑嗎？妳是我最親密的朋友之一。如果妳沒來，這派
　　對就不像是派對了！

女：這…有點太誇張了，但我會把它當作是讚美。

男：我們去拿點喝的吧，好嗎？我想帶妳見一些人。噢，這真令人
　　興奮。瑪麗恩可是穿著去年她參加奧斯卡時穿的那件粉紅和黑
　　色相間的亞曼尼晚宴服呢。

女：嗯。那麼，那個飲料如何？

問：誰是這場派對的主人？

A. 羅德。　　　　　　　　　　B. 蒂娜。

C. 奧斯卡。　　　　　　　　　　D. 瑪麗恩。

* pleasure〔'plɛʒɚ〕*n.* 榮幸　　invite〔ɪn'vaɪt〕*v.* 邀請

　　Are you kidding? 你在開玩笑嗎？　　dear〔dɪr〕*adj.* 親愛的

　　If + S + had + p.p., S + would have + p.p. 如果當時…的話，…就會…。

　　　　【與過去事實相反的假設】

　　a bit much 有點過分；有點超過　　*take sth. as* 將某事看成是

　　compliment〔'kɑmpləmənt〕*n.* 稱讚　　*a couple of* 幾個的

you are going to die 這太令人興奮了

Armani 亞曼尼【喬治・亞曼尼為義大利時裝及高級消費品公司，由知名設計師
　　喬治・亞曼尼於 1975 創立】

cocktail〔ˈkɑktel〕*n.* 雞尾酒　　*cocktail dress* 晚宴用的女裝；酒會禮服

Oscar〔ˈɔskə〕*n.* 奧斯卡金像獎　　drink〔drɪŋk〕*n.* 飲料

host〔host〕*n.* 主人

37. (**A**)　女：嗨，比爾，我是蘿拉。

　　　　男：嘿，蘿拉，怎麼了嗎？

　　　　女：你什麼時候下班？

　　　　男：五點半。

　　　　女：我也是。你今天晚上想不想去吃點東西？

　　　　男：當然好。妳有想吃什麼嗎？

　　　　女：在葛雷公園有一家新開的印度餐廳，那看起來很不錯。

　　　　男：太棒了！我終於可以去吃好吃的咖哩了。

　　　　女：好，那就這麼說定囉。我下班後會到你的辦公室來。

　　　　問：這段對話是在哪裡發生的？

　　　　A. 在電話中。　　　　　　　　B. 在街上。

　　　　C. 在印度餐廳。　　　　　　　D. 在葛雷公園。

　　＊*What's up?* 有什麼事嗎？；你好嗎？　*get off work* 下班
　　　grab〔græb〕*v.* 抓　　bite〔baɪt〕*n.* 食物；點心
　　　grab a bite to eat 隨便找個東西吃；吃點東西
　　　have in mind 打算；考慮　　Indian〔ˈɪndɪən〕*adj.* 印度的
　　　could go for sth. 要某物　　curry〔ˈkɝɪ〕*n.* 咖哩
　　　date〔det〕*n.* (聚會的) 約定　　*It's a date.* 一言為定。
　　　come by 順路到　　*after work* 下班後

38. (**C**)　男：妳又忘記繳電費了嗎？

　　　　女：沒有，當然沒忘。我上禮拜就付了。

　　　　男：嗯，這通知寄來了。上面寫說我們還沒有付帳單。

　　　　女：讓我看看。

　　　　男：在這裡。

　　　　女：你有看到這上面的日期嗎？這是六月的帳單。

　　　　男：那是兩個月前了。

女：我是那時忘記繳帳單的。那真奇怪。帳單今天剛寄來嗎？

問：這段對話發生在什麼時候？

A. 六月。　　　　　　　　B. 七月。

C. <u>八月。</u>　　　　　　　　D. 九月。

* *electric bill* 電費帳單　　notice〔ˋnotɪs〕*n.* 通知

　in the mail 郵寄　　say〔se〕*v.* 寫著　　*not…yet* 尚未

　weird〔wɪrd〕*adj.* 奇怪的　　arrive〔əˋraɪv〕*v.*（物品）抵達

39. (**C**) 女：史蒂夫，你剪頭髮了嗎？

男：是的。你覺得如何？

女：非常短。但是很好看。你的頭型很漂亮。

男：謝謝妳，瑪莎。

問：瑪莎覺得史蒂夫頭髮剪得如何？

A. 太短了。　　　　　　　　B. 太長了。

C. <u>看起來很好。</u>　　　　　　D. 看起來很奇怪。

* haircut〔ˋhɛr͵kʌt〕*n.* 理髮　　look〔luk〕*n.* 樣子；外表

　nicely〔ˋnaɪslɪ〕*adv.* 漂亮地　　shaped〔ʃept〕*adj.* …形狀的

　strange〔strendʒ〕*adj.* 奇怪的

40. (**A**) 男：妳介意我開收音機嗎？

女：一點都不介意。

男：我覺得來些音樂可以讓氣氛不會這麼單調。

女：好主意。

男：妳喜歡哪一種的音樂？

女：幾乎每種音樂我都喜歡。

男：好的，如果我轉到老歌電台怎麼樣？

女：我沒問題。

問：為什麼男士想要打開收音機？

A. <u>他感到無聊。</u>　　　　　　B. 他很忙碌。

C. 為了聽天氣預報。　　　　　D. 電視壞掉了。

* mind〔maɪnd〕*v.* 介意　　*turn on* 打開（電源）

　not at all 一點也不　　*break up* 打破

monotony〔məˈnɑtn̩ɪ〕*n.* 單調　　kind〔kaɪnd〕*n.* 種類
pretty much 幾乎　　put〔put〕*v.* 使處於特定位置
oldie〔ˈoldɪ〕*n.* 過去曾經流行的歌曲（影片）
station〔ˈsteʃən〕*n.* 電台　　bored〔bord〕*adj.* 無聊的
weather report 天氣預報　　broken〔ˈbrokən〕*adj.* 故障的

41.(**C**) 女：你想要試吃一塊蛋糕嗎？
　　　　男：不用了，謝謝。我剛剛才吃完晚餐。我現在很飽。
　　　　女：你確定嗎？這真的很好吃，而且我覺得它很快就會被拿光。
　　　　男：我確定。讓別人享用它吧。
　　　　女：我會試著幫你留一塊。
　　　　男：謝謝。
　　　　問：我們知道有關於男士的什麼事？
　　　　A. 他不喜歡甜點。　　　　　　B. 他約會快遲到了。
　　　　C. 他才剛吃完晚餐。　　　　　D. 他沒有足夠的東西吃。

　　* piece〔pis〕*n.* 片；塊　　just〔dʒʌst〕*adv.* 剛剛
　　stuffed〔stʌft〕*adj.* 飽的　　tasty〔ˈtestɪ〕*adj.* 美味的
　　last〔læst〕*v.* 持續　　***for long*** 長久
　　enjoy〔ɪnˈdʒɔɪ〕*v.*（快樂地）品嚐；體驗
　　save〔sev〕*v.* 留…給（某人）
　　sweet〔swit〕*adj.* 甜的　　dessert〔dɪˈzɝt〕*n.* 甜點
　　be running late 快要遲到了　　finish〔ˈfɪnɪʃ〕*v.* 吃完

42.(**D**) 男：銀行星期一不會營業嗎？
　　　　女：我想是這樣。那天是國定假日，不是嗎？
　　　　男：我不確定。我們沒有放假，對吧？
　　　　女：我們問問看奈爾斯吧。他會知道的。
　　　　男：他在他的辦公室嗎？
　　　　女：他一分鐘前還在。
　　　　問：星期一會發生什麼事？
　　　　A. 說話者那天放假。　　　　　B. 銀行不會營業。
　　　　C. 人們會慶祝節日。
　　　　D. 無法根據對話中所給的資料來回答。

* closed〔klozd〕 *adj.* 暫停營業的　 ***national holiday*** 國定假日
have a day off 放一天假　　 celebrate〔'sɛlə,bret〕 *v.* 慶祝
impossible〔ɪm'pɑsəbḷ〕 *adj.* 不可能的
information〔,ɪnfə'meʃən〕 *n.* 資訊；情報

43. (**C**) 女：嗨，不好意思打擾你了，但我覺得你看起來很眼熟。我們有見
　　　　 過嗎？

　　　 男：我也是這麼想的。我叫作格蘭特。

　　　 女：格蘭特，我是萊斯莉。很高興認識你——或是，很高興能再次
　　　　 見到你。

　　　 男：我也是。

　　　 女：等一下。你認識西恩‧摩頓嗎？

　　　 男：事實上，我認識。我們是大學室友。

　　　 女：這就對了！我們在西恩的畢業派對上見過。

　　　 男：沒錯！那麼，萊斯莉，妳最近過得怎樣？

　　　 問：說話者第一次見面是在哪裡？

　　　 A. 在萊斯莉的生日派對上。

　　　 B. 在格蘭特的訂婚派對上。

　　　 C. 在西恩的畢業派對上。

　　　 D. 他們之前從來沒見過。

* bother〔'bɑðə〕 *v.* 麻煩；打擾　 familiar〔fə'mɪljə〕 *adj.* 熟悉的
meet〔mit〕 *v.* 遇見；見面；認識　 same〔sem〕 *adj.* 同樣的
pleased〔plizd〕 *adj.* 高興的
likewise〔'laɪk,waɪz〕 *adv.* (表示同意) 我也是一樣 (同感)；同樣地
wait a minute 等一下　　 ***as a matter of fact*** 事實上
roommate〔'rum,met〕 *n.* 室友　 college〔'kɑlɪdʒ〕 *n.* 學院；大學
That's it. 正是如此；就是這個。　 ***graduation party*** 畢業派對
How have you been? 你最近過得怎樣？
engagement〔ɪn'gedʒmənt〕 *n.* 訂婚

44. (**B**) 男：廖小姐，我是全國快遞的陳傑利。

　　　 女：嗨，傑利。

　　　 男：我們這裡有一個大包裹預計今天下午會送去給妳。我是打來確
　　　　 認今天會有人在家簽收包裹。

女：是的，我兒子今天下午會在家。

男：好。他是⋯很壯的男生嗎？包裹真的蠻重的。

女：謝謝你的關心，傑利，但我兒子已經成年了。他能搬得動它。

問：為什麼陳傑利要打給廖小姐？

A. 要和她兒子說話。　　　B. 要確認包裹的運送。

C. 安排商務會議的時間。　　　D. 詢問她的感覺如何。

* national〔ˈnæʃənḷ〕*adj.* 全國的　　express〔ɪkˈsprɛs〕*n.* 快遞
  large〔lɑrdʒ〕*adj.* 大的　　package〔ˈpækɪdʒ〕*n.* 包裹
  deliver〔dɪˈlɪvɚ〕*v.* 遞送　　confirm〔kənˈfɜm〕*v.* 確認
  sign〔saɪn〕*v.* 簽名　　strong〔strɔŋ〕*adj.* 有力氣的；強壯的
  quite〔kwaɪt〕*adv.* 相當；頗
  heavy〔ˈhɛvɪ〕*adj.* 重的　　concern〔kənˈsɜn〕*n.* 關心
  full-grown〔fulˈgron〕*adj.* 發育完全的；成熟的　　*be able to* 能夠
  handle〔ˈhændḷ〕*v.* 處理　　schedule〔ˈskɛdʒul〕*v.* 預定；安排
  business〔ˈbɪznɪs〕*n.* 商務　　meeting〔ˈmitɪŋ〕*n.* 會議

45.(**B**)　女：嗨，馬克斯。我最近都沒有在校園裡看到你。

男：嗨，波莉。對呀，我得了肺炎，所以在醫院住了幾天。之後我又在家養病養了一個禮拜左右。

女：肺炎!? 我的天啊，你還好嗎？

男：是的，我現在已經沒事了。但兩個星期前，情況真的很糟。

女：我絕對相信。肺炎是相當嚴重的疾病。總是一直有人死於肺炎。

問：關於馬克斯的敘述，下列何者正確？

A. 他腿折斷了。　　　B. 他之前住院。

C. 他錯過了幾天的工作。　　　D. 他仍然感到不舒服。

* campus〔ˈkæmpəs〕*n.* 校園　　lately〔ˈletlɪ〕*adv.* 最近
  yeah〔jɛ〕*adv.* 是的（= *yes*）　　*come down with* 罹患
  pneumonia〔njuˈmonjə〕*n.* 肺炎
  recuperate〔rɪˈkupəˌret〕*v.* 恢復（健康、精神等）　　*or so* 大約
  my goodness 我的天啊　　pretty〔ˈprɪtɪ〕*adv.* 相當；頗
  miserable〔ˈmɪzrəbḷ〕*adj.* 悲慘的　　*I'll bet.* 我確信
  serious〔ˈsɪrɪəs〕*adj.* 嚴重的　　condition〔kənˈdɪʃən〕*n.* 疾病
  die from 因⋯而死　　*all the time* 經常　　break〔brek〕*v.* 折斷
  miss〔mɪs〕*v.* 錯過　　*a few* 一些　　ill〔ɪl〕*adj.* 生病的；不舒服的

二、閱讀能力測驗

第一部份：詞彙和結構

1. (**D**) 在搜查人員能夠安全地接近瓦礫之前，無法<u>估計</u>地震對該棟建築物所造成的損害有多少。

    (A) devise〔dɪ'vaɪz〕*v.* 設計；創造

    (B) label〔'lebḷ〕*v.* 貼標籤

    (C) resign〔rɪ'zaɪn〕*v.* 辭去；拋棄

    (D) ***estimate***〔'ɛstə,met〕*v.* 估計

    * ***no way to V.*** 無法~　　damage〔'dæmɪdʒ〕*n.* 損害；損傷
    do damage to 損害；損傷　　earthquake〔'ɝθ,kwek〕*n.* 地震
    investigator〔ɪn'vɛstə,getɚ〕*n.* 搜查者；調查者
    access〔'æksɛs〕*v.* 接近　　rubble〔'rʌbḷ〕*n.* 瓦礫

2. (**A**) <u>此外</u>，雖然沒有超自然活動的紀錄證據，有些人還是相信幽靈的存在。

    what is more 此外；而且

    * documented〔'dɑkjəmɛntɪd〕*adj.* 有紀錄的
    evidence〔'ɛvədəns〕*n.* 證據
    supernatural〔,supɚ'nætʃrəl〕*adj.* 超自然的
    activity〔æk'tɪvətɪ〕*n.* 活動　　ghost〔gost〕*n.* 鬼；幽靈

3. (**C**) 麥克一直拖拖拉拉，到考試前一天晚上才開始讀書準備<u>期末考</u>。

    (A) entrance〔'ɛntrəns〕*n.* 入口處；大門

    (B) project〔'prɑdʒɛkt〕*n.* 計畫

    (C) ***final***〔'faɪnḷ〕*n.* 期末考　　(D) case〔kes〕*n.* 案例

    * procrastinate〔pro'kræstə,net〕*v.* 耽擱；拖拖拉拉

4. (**B**) 要精通任何樂器，都需要完全的<u>投入</u>。

    (A) declaration〔,dɛklə'reʃən〕*n.* 宣布；聲明

    (B) ***dedication***〔,dɛdə'keʃən〕*n.* 奉獻；專心致力

    (C) desperation〔,dɛspə'reʃən〕*n.* 自暴自棄；拼命

    (D) destruction〔dɪ'strʌkʃən〕*n.* 破壞

　　* mastery〔'mæstərɪ〕n. 精通；熟練 < of >
　　musical〔'mjuzɪkḷ〕adj. 音樂的
　　instrument〔'ɪnstrəmənt〕n. 器材；樂器
　　total〔'totḷ〕adj. 完全的；絕對的

5. (**C**)　「謝謝你的提議，」喬治回答，「但是我不再喝酒了。」

　　(A) appear〔ə'pɪr〕v. 出現　　(B) notice〔'notɪs〕v. 注意到
　　(C) *reply*〔rɪ'plaɪ〕v. 回答　　(D) see〔si〕v. 看見

　　* offer〔'ɔfə〕n. 提議　　*not…anymore* 不再…
　　drink〔drɪŋk〕v. 喝酒

6. (**C**)　你有感覺瑪莎在隱瞞我們什麼嗎？

　　(A) charge〔tʃɑrdʒ〕n. 費用　　(B) chance〔tʃæns〕n. 機會
　　(C) *sense*〔sɛns〕n. 感覺　　(D) force〔fɔrs〕n. 力量

　　* hide〔haɪd〕v. 隱藏　　*hide sth. from sb.* 對某人隱藏某事

7. (**A**)　隨著經濟衰退，我們忠誠的客戶群越來越少。

　　依句意，「隨著」經濟衰退，選 (A) *With*。

　　* economy〔ɪ'kɑnəmɪ〕n. 經濟　　recession〔rɪ'sɛʃən〕n. 蕭條；不景氣
　　loyal〔'lɔɪəl〕adj. 忠誠的　　*customer base* 顧客群

8. (**C**)　在我們的家鄉土桑市，幾乎全年天氣溫暖，所以我們從不擔心冬天的衣服。

　　(A) clamps〔klæmps〕n. pl. 鉗；挾剪
　　(B) sport〔sport〕n. 運動　　(C) *clothes*〔kloz〕n. pl. 衣服
　　(D) clone〔klon〕n. 複製品

　　* Tucson〔tu'sɑn〕n. 土桑市【美國亞歷桑拿州】
　　warm〔wɔrm〕adj. 溫暖的　　*year-round* 全年的

9. (**C**)　咖啡店前面通常有好幾個計程車司機在閒蕩，所以要搭車回家應該是很容易的事。

　　(A) identify〔aɪ'dɛntə,faɪ〕v. 分辨；鑑定
　　(B) idealize〔aɪ'dɪəl,aɪz〕v. 理想化

(C) *idle* (ˈaɪdḷ) *v.* 閒蕩　　　(D) idolize (ˈaɪdḷˌaɪz) *v.* 崇拜偶像

* snap (snæp) *n.* 快照　　*a snap* 輕鬆的事

10. (**C**) 有人知道爲什麼傑夫<u>不管去哪裡</u>都戴著那頂滑稽的帽子嗎？

依句意，選 (C) *everywhere* (ˈɛvrɪˌhwɛr) *adv. conj.* 到處；無論何
處。而 (A) elsewhere (ˈɛlsˌhwɛr) *adv.* 在別處、(B) somewhere
(ˈsʌmˌhwɛr) *adv.* 在某處、(D) nowhere (ˈnoˌhwɛr) *adv.*
什麼地方都沒有，皆不合。

11. (**C**) 泰瑞是個好人，但是他有當眾吐口水這個<u>惱人的</u>習慣。

(A) complete (kəmˈplit) *adj.* 完整的

(B) crystal (ˈkrɪstḷ) *adj.* 清澈的

(C) *irritating* (ˈɪrəˌtetɪŋ) *adj.* 惱人的 (= *annoying*)

(D) needy (ˈnidɪ) *adj.* 貧窮的

* spit (spɪt) *v.* 吐口水　　*in public* 當眾

12. (**C**) 我告訴過你多少次了？不要打開你<u>不認識</u>的人寄來的電子郵件。

(A) meet (mit) *v.* 見面　　(B) cause (kɔz) *v.* 導致

(C) *know* (no) *v.* 認識　　(D) ask (æsk) *v.* 問

13. (**C**) 我和我太太在 1987 年<u>結婚</u>，而我們仍然還沒度蜜月。

依時態爲過去式，故須用過去式動詞，選 (C) *were married* 。

* honeymoon (ˈhʌnɪˌmun) *n.* 蜜月旅行
take one's honeymoon 度蜜月

14. (**B**) 尼安德塔人又矮又肥碩，而且強有力；懂得用火；還會<u>埋葬</u>死者。

(A) stir (stɝ) *v.* 攪拌　　(B) *bury* (ˈbɛrɪ) *v.* 埋葬

(C) close (kloz) *v.* 關閉　　(D) mail (mel) *v.* 郵寄

* Neanderthal (nɪˈændəˌtɔl) *n.* 尼安德塔人【是人屬中已滅絕的物種，發掘於
歐洲及西、中亞部分地區】
stout (staut) *adj.* 肥碩的；魁梧的
powerful (ˈpauəfəl) *adj.* 強有力的　　*the dead* 死者

15. (**B**)　我想待在家裡。<u>而且</u>，整天都會下雨。

依句意，選 (B) **Besides** (bɪ'saɪdz) adv. 而且；此外。
而 (A) on the other hand「另一方面」、(C) therefore ('ðɛr,for)
adv. 因此、(D) for instance「例如」，皆不合。

第二部份：段落填空

<u>第 16 至 20 題</u>

　　哺乳類動物的精子首次在<u>實驗室</u>裡成功養成出來。此項發展將來有一天能
16

夠幫助不孕的人生子。研究人員能夠<u>從</u>小型老鼠身上<u>取出</u>睪丸組織，然後放入
17　　　　　　　　　17

生產精子中，以製造健康且<u>能存活的</u>後代。此外，這種組織在有需要之前，能
18

夠被<u>冷凍</u>，同時還能維持其製造精子細胞的能力。專家<u>提醒</u>，在此項技術可以
19　　　　　　　　　　　　　　　　20

應用在人類身上之前，還需更進一步的研究。

* **for the first time** 首次　　mammalian (mæ'melɪən) adj. 哺乳類動物的
sperm (spɜm) n. 精子　　development (dɪ'vɛləpmənt) n. 發展
infertile (ɪn'fɝtl) adj. 不孕的　　researcher (ri'sɝtʃə) n. 研究人員
manipulate (mə'nɪpjə,let) v. 巧妙地處理
testicular (tɛs'tɪkjulə) adj. 睪丸的　　tissue ('tɪʃu) n. 組織
produce (prə'djus) v. 製造　　spermatozoa (,spɝmətə'zoə) n. pl. 精子
offspring ('ɔf,sprɪŋ) n. 後代　　furthermore ('fɝðə,mor) adv. 此外
retain (rɪ'ten) v. 保留；維持　　cell (sɛl) n. 細胞
expert ('ɛkspɝt) n. 專家　　further ('fɝðə) adj. 進一步的
research ('risɝtʃ) n. 研究　　require (rɪ'kwaɪr) v. 需要
technique (tɛk'nik) n. 技術　　apply (ə'plaɪ) v. 應用

16. (**D**)　(A) bag (bæg) n. 袋子　　　(B) sound (saund) n. 聲音
(C) choir (kwaɪr) n. 唱詩班
(D) **laboratory** ('læbrə,tori) n. 實驗室（= lab)

17. (**C**)　依句意，「從」小型老鼠「取出」組織，選 (C) **taken from**。

18. (**D**) (A) feasible〔'fizəbḷ〕 adj. 可實行的

         (B) fatal〔'fetḷ〕 adj. 致命的

         (C) flexible〔'flɛksəbḷ〕 adj. 有彈性的

         (D) *viable*〔'vaɪəbḷ〕 adj.（胎兒）能存活的

19. (**A**) (A) *freeze*〔'friz〕 v. 冷凍   (B) deliver〔dɪ'lɪvɚ〕 v. 傳遞

         (C) warp〔wɔrp〕 v. 彎曲   (D) inherit〔ɪn'hɛrɪt〕 v. 繼承

20. (**B**) (A) risk〔rɪsk〕 v. 冒險   (B) *caution*〔'kɔʃən〕 v. 提醒；警告

         (C) prove〔pruv〕 v. 證明   (D) coax〔koks〕 v. 哄騙

第 21 至 25 題

    換吉他弦對各種技術水平的彈奏者來說，都可以是個挑戰。儘管現代化的
                               21
吉他弦已有像是防鏽和耐磨損合金屬的改良，但如果你彈吉他彈得夠多，你最
                      22
後還是得換吉他弦。此外，除非你有以雙捲琴馬和調音裝置為特色的最新（和
         23
昂貴）型吉他，例如 Steinburger X100，否則要以手動的方式一次換一條吉它
弦仍是無法克服的問題。這可能是吉他手在換弦時，最會犯下的錯誤之一：絕
                                        24
對不要一次就把所有的吉他弦取下。不要這樣做的理由有好幾個，而我們稍後
會在適當的吉他存放方式這個章節中說明。
   25

    * string〔strɪŋ〕 n.（樂器的）弦；線   despite〔dɪ'spaɪt〕 prep. 儘管
     modern〔'madɚn〕 adj. 現在化的
     rust-proofing〔'ɚvst,prufɪŋ〕 adj. 防鏽的   extend〔ɪk'stɛnd〕 v. 延伸
     wear〔wɛr〕 n. 摩損   *extended-wear* 耐磨損的
     alloy〔'ælɔɪ〕 n. 合金   metal〔'mɛtḷ〕 n. 金屬
     eventually〔ɪ'vɛntʃuəlɪ〕 adv. 最後   model〔'madḷ〕 n. 型；款式
     feature〔'fitʃɚ〕 v. 以…為特色   coil〔kɔɪl〕 n. 一圈；一捲
     bridge〔brɪdʒ〕 n.（弦樂器的）琴馬   *double-coil bridge* 雙捲琴馬
     tuning〔'tjunɪŋ〕 n. 調音   mechanism〔'mɛkə,nɪzəm〕 n. 機械裝置；機關
     get around 解決；克服   issue〔'ɪʃu〕 n. 問題
     replace〔rɪ'ples〕 v. 更換   manually〔'mænjuəlɪ〕 adv. 手動地

at a time 一次　　guitarist〔gɪ'tɑrɪst〕*n.* 吉他手

take off 取下　　cover〔'kʌvə〕*v.* 汲及；涵蓋

chapter〔'tʃæptə〕*n.* 章節　　storage〔'storɪdʒ〕*n.* 貯藏；保管

21. (**B**) (A) convenience〔kən'vinjəns〕*n.* 方便

 (B) ***challenge*** 〔'tʃælɪndʒ〕*n.* 挑戰

 (C) victory〔'vɪktrɪ〕*n.* 勝利　　(D) resource〔rɪ'sors〕*n.* 資源

22. (**D**) (A) impediment〔ɪm'pɛdəmənt〕*n.* 阻礙

 (B) implication〔,ɪmplɪ'keʃən〕*n.* 含意；暗示

 (C) impropriety〔,ɪmprə'praɪətɪ〕*n.* 不適當；錯誤

 (D) ***improvement*** 〔ɪm'pruvmənt〕*n.* 改善；改良

23. (**D**) 依句意，選 (D) ***Furthermore*** 〔'fɝðə,mor〕*adv.* 此外；而且。
 而 (A) at last「最後」，則不合句意；(B) until「直到」、(C) since
 「既然」，不與逗點連用，故在此不合。

24. (**D**) (A) compliment〔'kɑmpləmənt〕*n.* 稱讚

 (B) arrangement〔ə'rendʒmənt〕*n.* 安排

 (C) step〔stɛp〕*n.* 步伐

 (D) ***mistake*** 〔mə'stek〕*n.* 錯誤　　***make a mistake*** 犯錯

25. (**B**) (A) latent〔'letnt〕*adj.* 潛在的　　(B) ***proper*** 〔'prɑpə〕*adj.* 適當的

 (C) brave〔brev〕*adj.* 勇敢的

 (D) natural〔'nætʃərəl〕*adj.* 自然的

第三部份：閱讀理解

第 26 至 27 題

據估計，約有八百二十萬到一千零五十萬名的菲律賓人，或是
菲律賓總人口數約百分之十一的人，在世界各地的海外工作。每年
有超過一百萬名的菲律賓人要碰碰運氣，試著透過海外就業的仲
介，以及包括政府資助方案的其他計畫，到國外工作。他們大部分

都是申請成為家庭幫傭，或是私人服務工作者的女性。菲律賓海外勞工（OFWs）寄回菲律賓的匯款超過一百億美元，因而促進了該國的經濟。這使得菲律賓繼印度、中國，以及墨西哥之後，成為第四個收匯最多的國家。菲律賓海外勞工的匯款佔了國內生產總值的百分之十三點五，在國內經濟的比例中，是這四個國家中最多的。

* Filipino（ˌfɪləˈpino）*n.* 菲律賓人　*adj.* 菲律賓的
 total（ˈtotḷ）*adj.* 總計的　　population（ˌpɑpjəˈleʃən）*n.* 人口（總數）
 the Philippines 菲律賓（Philippine（ˈfɪləˌpin））
 overseas（ˈovɚˈsiz）*adv.* 在海外（= abroad（əˈbrɔd））
 worldwide（ˈwɝldˌwaɪd）*adv.* 遍及世界地　　*try one's luck* 碰運氣試做
 employment（ɪmˈplɔɪmənt）*n.* 就業　　sponsor（ˈspɑnsɚ）*v.* 資助
 government-sponsored *adj.* 政府資助的
 initiative（ɪˈnɪʃɪˌetɪv）*n.* 提倡；新方案
 majority（məˈdʒɔrətɪ）*n.* 大部分　　apply（əˈplaɪ）*v.* 申請
 domestic（dəˈmɛstɪk）*adj.* 家庭的　　remittance（rɪˈmɪtn̩s）*n.* 匯款
 contribute（kənˈtrɪbjut）*v.* 促進；貢獻　　billion（ˈbɪljən）*n.* 十億
 recipient（rɪˈsɪpɪənt）*n.* 接收者　　list（lɪst）*n.* 表；冊
 represent（ˌrɛprɪˈzɛnt）*v.* 表示；相當於
 GDP 國內生產總值（= Gross Domestic Product）
 proportion（prəˈporʃən）*n.* 比例

26.（ **B** ）大部分的菲律賓海外勞工是誰？

 (A) 政府員工。　　　　　　(B) 菲律賓的女性。
 (C) 賭徒。　　　　　　　　(D) 匯款代理人。

 * *make up* 組成；形成　　employee（ˌɛmplɔɪˈi）*n.* 雇員
 gambler（ˈgæmblɚ）*n.* 賭徒

27.（ **D** ）菲律賓海外勞工為國家的國內生產總值促進了多少？

 (A) 百分之八點二。　　　　(B) 百分之十點五。
 (C) 百分之十一。　　　　　(D) 百分之十三點五。

第 28 至 29 題

親愛的林肯小學學童家長：

又到了一年一度與世界地球日一同舉辦的春季清掃節。要了解學生每日的活動，請參考下面的時間表。

星期一
到海洋公園一遊，並參加由「全穀有機食品」所贊助的社區淨灘活動。

星期二
綠化日。凡是穿著綠色衣服到校的學生，就有資格參加大抽獎。

星期三
世界地球日的植樹儀式。學生將幫助場地管理員綠化景觀。

星期四
科學展。學生展示及陳列他們以環境為主題的科學計畫。評審將會依下列三類來評分及頒獎：設計、應用，和理論。

星期五
回收利用活動。凡是帶可回收的用具到校捐給「一個地球計畫」的同學，將有資格贏得獎品。

若您還有任何問題或擔憂的事，請與助理校長肯恩・迪佛斯連絡。

---

* annual〔ˋænjʊəl〕*adj.* 一年一度的　　hold〔hold〕*v.* 舉辦
conjunction〔kənˋdʒʌŋkʃən〕*n.* 結合　　***in conjunction with*** 和…一起
abreast〔əˋbrɛst〕*adv.* 並列地　　***abreast of*** 不落後；並駕齊驅
refer〔rıˋfɜ〕*v.* 參考 < *to* >　　participation〔pəˏtısəˋpeʃən〕*n.* 參加 < *in* >
community〔kəˋmjunətı〕*n.* 社區　　***clean-up*** 清掃
grain〔gren〕*n.* 穀物　　organic〔ɔrˋgænık〕*adj.* 有機的
eligible〔ˋɛlıdʒəbļ〕*adj.* 有資格的　　enter〔ˋɛntə〕*v.* 參加
grand〔grænd〕*adj.* 盛大的　　prize〔praız〕*n.* 獎；獎品

draw〔'drɔɪŋ〕*n.* 抽獎　　ceremony〔'sɛrə,monɪ〕*n.* 儀式；典禮

assist〔ə'sɪst〕*v.* 幫助

groundskeeper〔'graʊndz,kipə〕*n.* 場地管理員（= *groundkeeper*）

landscaping〔'lændskepɪŋ〕*n.* 景觀美化

duties〔'djutɪz〕*n. pl.*（特定的）職務　　fair〔fɛr〕*n.* 博覽會；展示會

present〔prɪ'zɛnt〕*v.* 呈現　　display〔dɪ'sple〕*v.* 展示；陳列

environmentally〔ɪn,vaɪrən'mɛntḷɪ〕*adv.* 環境地

theme〔θim〕*n.* 主題　　project〔'prɑdʒɛkt〕*n.* 計畫；企畫

judge〔dʒʌdʒ〕*n.* 評審　　evaluate〔ɪ'vælju,et〕*v.* 評估

award〔ə'wɔrd〕*v.* 頒發　　category〔'kætə,gorɪ〕*n.* 種類

design〔dɪ'zaɪn〕*n.* 設計　　application〔,æplə'keʃən〕*n.* 應用

theory〔'θiərɪ〕*n.* 理論　　recycling〔,ri'saɪklɪŋ〕*n.* 回收利用

drive〔draɪv〕*n.* 活動　　recyclable〔ri'saɪkləbḷ〕*adj.* 可回收利用的

materials〔mə'tɪrɪəlz〕*n. pl.* 用具　　donation〔do'neʃən〕*n.* 捐贈

concern〔kən'sɝn〕*n.* 擔憂的事；疑慮　　contact〔kən'tækt〕*v.* 與…連絡

assistant〔ə'sɪstənt〕*adj.* 助理的　　principal〔'prɪnsəpḷ〕*n.* 校長

28.（**C**）這封信是關於什麼的？

(A) 新學校的破土典禮。　　(B) 在學校進行的工程。

(C) <u>為期一週的校園節慶。</u>　　(D) 社區領導人的受獎典禮。

＊ groundbreaking〔'graʊnd,brekɪŋ〕*n.* 破土（典禮）

　　construction〔kən'strʌkʃən〕*n.* 建設；施工

　　presentation〔,prɛzn̩'teʃən〕*n.* 贈送；授與　　leader〔'lidə〕*n.* 領導人

29.（**D**）學生何時會外出旅行？

(A) 星期一和星期三。　　(B) 星期二和星期四。

(C) 只有在星期五。　　(D) <u>只有在星期一。</u>

<u>第 30 至 31 題</u>

為小聯盟棒球隊舉行的烘焙特賣會

　　由十五歲以下的優勝者組成的達理恩青年聯盟與洋基隊支持者

「艾爾汽車零件」，將從本週日上午十點到下午四點，在「艾爾汽

車零件」的停車場舉行烘培特賣會。過來支持孩子，並滿足自己對甜食的渴望。現場將會有驚人的什錦派、蛋糕、糕餅、餅乾，以及糖果——由達理恩區一些最棒的烘培師所準備。此外，還有幾個獎品會以抽獎售賣的方式進行銷售，包括由「馬蒂機械工」提供的五佰元禮券，還有「骯髒阿丹」所捐贈的各種紀念品。所有收入都將作為棒球隊到州南部參加區域性錦標賽時的旅費。

---

* bake〔bek〕*n.* 烘培　　league〔lig〕*n.* 聯盟
champion〔'tʃæmpɪən〕*n.* 優勝者　　auto〔'ɔto〕*n.* 汽車
part〔pɑrt〕*n.* 零件　　Yankee〔'jæŋkɪ〕*n.* 洋基棒球隊
host〔host〕*v.* 舉辦　　***parking lot*** 停車場　　***come on down*** 過來
support〔sə'port〕*v.* 支持　　indulge〔ɪn'dʌldʒ〕*v.* 滿足…的慾望
a sweet tooth 嗜吃甜食　　amazing〔ə'mezɪŋ〕*adj.* 驚人的
assortment〔ə'sɔrtmənt〕*n.* 什錦　　pastry〔'pestrɪ〕*n.* 糕餅
raffle〔'ræfḷ〕*n.* 抽獎售賣法【讓購物人購買號碼牌抽獎，將商品交給中獎人的買賣方法】　　certificate〔sə'tɪfəkɪt〕*n.* 證書
gift certificate 禮券　　mechanic〔mə'kænɪk〕*n.* 機械工
various〔'vɛrɪəs〕*adj.* 各式各樣的　　souvenir〔ˌsuvə'nɪr〕*n.* 紀念品
donate〔'donet〕*v.* 捐贈　　proceeds〔'prosidz〕*n. pl.* 收入
toward〔tə'word〕*prep.*（表示捐款目的）用於；為了
downstate〔'daʊn'stet〕*adv.* 往州南部　　compete〔kəm'pit〕*v.* 競爭
regional〔'ridʒənḷ〕*adj.* 區域性的　　playoffs〔'pleˌɔfs〕*n. pl.* 季後賽

30. (**B**) 在烘培特賣會上最有可能買到什麼？
　　(A) 義大利麵和披薩。　　　　(B) 蘋果派。
　　(C) 圍巾。　　　　　　　　　(D) 禮券。
　　* muffler〔'mʌflə〕*n.* 圍巾

31. (**C**) 烘培特賣會的目的為何？
　　(A) 為了推銷「骯髒阿丹」的年度拍賣會。
　　(B) 為了增加「馬蒂機械工」的收益。
　　(C) 為挺進錦標賽的棒球隊募款。
　　(D) 為了給贏得冠軍的十五歲以下達理恩青年聯盟獎賞。

* promote〔prə'mot〕v. 推銷　　profit〔'prɑfɪt〕n. 利潤；收益
　raise〔rez〕v. 籌募（錢）　　reward〔rɪ'wɔrd〕v. 給…獎賞
　championship〔'tʃæmpɪən,ʃɪp〕n. 冠軍

第 32 至 33 題

> ### 哥倫比亞區
> #### 著作權規範
> #### 警告！
>
> 　　本資料已照 1988 年著作權條例第 VI 篇，代表喬治華盛頓大學複製及傳授給您。
>
> 　　本刊物資料受著作權法保護。未經作者的書面同意，嚴禁任何拷貝、複製，或是散佈上述資料，違者將依規定受罰及起訴。

* district〔'dɪstrɪkt〕n. 區　　Columbia〔kə'lʌmbɪə〕n. 哥倫比亞
copyright〔'kɑpɪ,raɪt〕n. 著作權
regulation〔,rɛgjə'leʃən〕n. 條令；法規　　warning〔'wɔrnɪŋ〕n. 警告
material〔mə'tɪrɪəl〕n. 資料　　reproduce〔,riprə'djus〕v. 複製
communicate〔kə'mjunə,ket〕v. 傳達　　*be/on behalf of* 代表
pursuant〔pə'suənt〕adj. 依據的　　*pursuant to* 依據…的
Act〔ækt〕n. 法令；條例　　part〔part〕n. 篇
publication〔,pʌblɪ'keʃən〕n. 出版物；刊物
subject〔'sʌbdʒɪkt〕adj. 從屬的　　*be subject to* 受制…的；服從…的
copy〔'kɑpɪ〕n. 複製品；拷貝
reproduction〔,riprə'dʌkʃən〕n. 複製品；拷貝
redistribution〔,ridɪstrə'bjuʃən〕n. 再分配；分佈
said〔sɛd〕adj. 上述的　　express〔ɪk'sprɛs〕v. 表達；陳述
written〔'rɪtn̩〕adj. 書面的　　consent〔kən'sɛnt〕n. 同意
strictly〔'strɪktlɪ〕adv. 嚴格地　　prohibit〔pro'hɪbɪt〕v. 禁止
penalty〔'pɛnl̩tɪ〕n. 刑罰；罰金
prosecution〔,prɑsɪ'kjuʃən〕n. 起訴　　define〔dɪ'faɪn〕v. 規定

32.（ **C** ）什麼不被允許？

    (A) 寫信給作者徵求使用資料的許可。

    (B) 上喬治華盛頓大學。   (C) <u>複製且販賣材料。</u>

    (D) 閱讀該資料且受其影響。

    * permission〔pɚˈmɪʃən〕*n.* 許可；同意
      attend〔əˈtɛnd〕*v.* 上（學）   influence〔ˈɪnfluəns〕*v.* 影響

33.（ **A** ）如果你打算再使用這份資料，你該怎麼做？

    (A) <u>連絡作者並得到同意。</u>   (B) 追究 1988 年的著作條例。

    (C) 付小額罰金。

    (D) 什麼都不說然後換封面才不會引起懷疑。

    * pursue〔pɚˈsju〕*v.* 追究   cover〔ˈkʌvɚ〕*n.* 封面
      draw〔drɔ〕*v.* 引來   suspicion〔səˈspɪʃən〕*n.* 懷疑

第 34 至 36 題

　　協商後的車價和車貸的利息，只是成本方程式中的一部分。保險、貶值、稅金、手續費，以及經年累月下來的燃料、保養檢查和維修，還有甚至是你做為頭期款所付的機會成本（意即若把這筆錢投資在別處能獲得的錢），都是擁有一輛車的重要成本因素。

　　最受歡迎的車都是小型的——小型汽車或超小型汽車——因為它們容易有最低的市場價格、最省燃料，而且有合理的保險費——因為保險費有隨馬力提高的傾向。特別要提的是，購買這些較低價的車款，你可能也必須付額外的錢才能有自動變速裝置、空調，有時甚至是收音機——更別提像是防煞車鎖死這樣的安全裝置。大部分較低價的車款都配有六個標準的安全氣囊，但是只有一半的車有標準的穩定控制系統。

　　市場價格就是平均的交易成本還有回扣。你真正要付的價格取決於你的協商技巧——你有多願意狠狠殺價。

* negotiate〔nɪˋgoʃɪ͵et〕v. 協議；交涉　　interest〔ˋɪntrɪst〕n. 利息

loan〔lon〕n. 貸款　　equation〔ɪˋkweʒən〕n. 方程式；等式

insurance〔ɪnˋʃʊrəns〕n. 保險　　depreciation〔dɪ͵priʃɪˋeʃən〕n. 貶值

tax〔tæks〕n. 稅　　fee〔fi〕n. 手續費　　fuel〔ˋfjuəl〕n. 燃料

service〔ˋsɝvɪs〕n. 保養檢查　　repair〔rɪˋpɛr〕n. 維修

opportunity cost 機會成本　　*lay out* 用（錢）

down payment 頭期款；訂金　　invest〔ɪnˋvɛst〕v. 投資

factor〔ˋfæktɚ〕n. 因素　　ownership〔ˋonɚ͵ʃɪp〕n. 所有權

vehicle〔ˋviɪkḷ〕n. 車輛　　compact〔kəmˋpækt〕n. 小型汽車

subcompact〔ˋsʌbˋkəmpækt〕n. 超小型汽車　　*tend to* 有…傾向；易於

market price 市場價格　　economy〔ɪˋkɑnəmɪ〕n. 節約；充分利用

reasonable〔ˋriznəbḷ〕adj. 合理的；公道的　　rate〔ret〕n. 率

premium〔ˋprimɪəm〕n. 保險費　　horsepower〔ˋhɔrs͵paʊɚ〕n. 馬力

note〔not〕v. 注意；特別提及　　class〔klæs〕n. 種類

extra〔ˋɛkstrə〕adj. 額外的　　automatic〔͵ɔtəˋmætɪk〕adj. 自動的

transmission〔trænsˋmɪʃən〕n. 變速器；傳動裝置

air conditioning 空調　　feature〔ˋfitʃɚ〕n. 特色

safety feature 安全設備　　anti-〔ˋæntɪ〕放在字首表「反；防止」

brake〔brek〕n. 煞車　　*anti-lock brakes* 防煞車鎖死（的系統）

equip〔ɪˋkwɪp〕v. 裝備於　　standard〔ˋstændəd〕adj. 標準的

airbag〔ˋɛr͵bæg〕n. 安全氣囊　　stability〔stəˋbɪlətɪ〕n. 穩定

transaction〔trænsˋækʃən〕n. 交易　　reflect〔rɪˋflɛkt〕v. 反映

rebate〔ˋribet〕n. 折扣；回扣　　willingness〔ˋwɪlɪŋnɪs〕n. 願意

bargain〔ˋbɑrgɪn〕n. 便宜貨

drive a (hard) bargain 講一筆合算的買賣；狠狠殺價

34. (**C**) 本文是關於什麼的？

(A) 購買保費費率合理的保險。　(B) 回扣。

(C) 買車。　　　　　　　　　　(D) 減少燃料成本。

* *shop for* 購買

35. (**D**) 買車時應考慮下列所有的條件，除了

(A) 貶值。　　(B) 稅。　　(C) 利率。　　(D) 通貨膨脹。

* consider〔kənˋsɪdɚ〕v. 考慮　　purchase〔ˋpɝtʃəs〕n. 購買

make a purchase 購買　　inflation〔ɪnˋfleʃən〕n. 通貨膨脹

36. (**A**) 買超小型汽車時，可能因為什麼而必須支付額外的錢？

    (A) 空調。   (B) 投資費用。   (C) 安全氣囊。 (D) 協商技巧。

    * investment〔ɪn'vɛstmənt〕*n.* 投資

第 37 至 40 題

在沃利斯北銀行付帳從未如此容易！

沃利斯北銀行的「線上付系統」跟開支票然後郵寄支票相比，更快更容易。在網路上支付帳單費用只要幾分鐘就能搞定！

看看有多容易！
在任何時間，付給任何人！

* 只需使用一組密碼，就能在單一地方支付你所有的帳單。
* 付給你通常會用支票付款的人——在美國的任何公司或個人。
* 用「隨身付系統」來支付帳單、檢視，或是取消待付款項！

由你來掌控

* 告訴我們付給誰、何時付以及付多少。安排一次性或經常性付款。
* 選擇你的帳戶。從你在沃利斯北銀行的活期存款戶頭、信用卡、房屋信貸，或是個人信貸支付。
* 避免滯納金和郵件延誤。我們保證你的款項會如期送達——每次都準時——只要你的活期存款戶頭裡有足夠的資金。
* 當支付期限到期或支付確認後，我們都會寄出電子郵件提醒信。

知道更多關於付款系統的運作方式。請登入 www.wnbank.com

---

    * check〔tʃɛk〕*n.* 支票　　password〔'pæs,wɝd〕*n.* 密碼
    normally〔'nɔrml̩ɪ〕*adv.* 通常　　individual〔,ɪndə'vɪdʒuəl〕*n.* 個人
    view〔vju〕*v.* 檢視　　pending〔'pɛndɪŋ〕*adj.* 懸而未決的
    payment〔'pemənt〕*n.* 支付；繳款　　mobile〔'mobɪl〕*adj.* 活動的；機動的

recurring〔rɪ'kɝɪŋ〕 *adj.* 循環的   account〔ə'kaʊnt〕*n.* 戶頭
checking account 活期存款戶頭   equity〔'ɛkwətɪ〕*n.* 抵押資產淨值
credit〔'krɛdɪt〕*n.* 信用貸款   ***Home Equity Line of Credit*** 房屋信貸
Personal Line of Credit 個人信貸   ***late fee*** 滯納金
guarantee〔ˌɡærən'ti〕*v.* 保證   schedule〔'skɛdʒʊl〕*v.* 預定；安排
provided〔prə'vaɪdɪd〕*conj.* 在…條件下；只要
sufficient〔sə'fɪʃənt〕*adj.* 足夠的   fund〔fʌnd〕*n.* 資金
reminder〔rɪ'maɪndɚ〕*n.* 提醒的人或物   due〔dju〕*adj.* 到期的
confirm〔kən'fɝm〕*v.* 確認   ***log on*** 登入

37. (**B**) 什麼事情在沃利斯北銀行「從未如此容易」？

(A) 開戶。　　　　　　　　　(B) 在線上支付帳單。

(C) 準備足夠的資金。　　　　(D) 開支票。

* provide〔prə'vaɪd〕*v.* 供應；準備

38. (**A**) 你會用此項服務來做什麼？

(A) 用來付你通常用支票來付款的帳單。

(B) 申請個人信貸。　　　　(C) 在海外帳戶間進行國際電匯。

(D) 確認存款已入到自己的戶頭。

* service〔'sɝvɪs〕*n.* 服務   apply〔ə'plaɪ〕*v.* 申請 <*for*>
wire〔waɪr〕*n.* 電線   transfer〔træns'fɝ〕*n.* 匯兌；劃撥
wire transfer 電匯   offshore〔ɔf'ʃɔr〕*adj.* 海外的
deposit〔dɪ'pɑzɪt〕*n.* 存款   post〔post〕*v.*【會計】把…過帳

39. (**D**) 下列何者非此項服務的益處？

(A) 避免有滯納金。　　　　(B) 用一組密碼就能管理所有帳單。

(C) 隨時都能支付帳單費用。　(D) 預防透支。

* benefit〔'bɛnəfɪt〕*n.* 益處   manage〔'mænɪdʒ〕*v.* 管理
overdraft〔'ovɚˌdræft〕*n.* 透支   protection〔prə'tɛkʃən〕*n.* 保護

40. (**D**) 下列方式都可用來付款，除了

(A) 活期存款的戶頭。　　　(B) 信用卡。

(C) 個人信貸。　　　　　　(D) 電子郵件提醒信。

中級英語檢定模擬試題 ④ 詳解

第一部份：看圖辨義

第一題和第二題，請看圖片 **A**。

1. (**C**) 約翰正站在告示牌前面。他想要打羽毛球。他應該要往哪個方向走？

　　A. 往前直走。　　　　B. 往左走。

　　C. 往右走。　　　　　D. 上樓。

　　* *in front of* 在…前面
　　sign (saɪn) *n.* 標誌；告示
　　badminton ('bædmɪntən) *n.* 羽毛球
　　direction (də'rɛkʃən) *n.* 方向
　　straight (stret) *adv.* 直地
　　ahead (ə'hɛd) *adv.* 向前　　upstairs ('ʌp'stɛrz) *adv.* 往樓上
　　gymnasium (dʒɪm'nezɪəm) *n.* 體操館；體育館
　　sports (sports) *adj.* 運動的　　hall (hɔl) *n.* 大廳
　　sports hall 體育館　　definition (ˌdɛfə'nɪʃən) *n.* (線條的) 清晰
　　fitness ('fɪtnɪs) *n.* 健康　　suite (swit) *n.* 套房
　　fitness suite 健身房　　activity (æk'tɪvətɪ) *n.* 活動

2. (**C**) 請再看圖片 A。比爾正在舉重。我們會在哪裡找到他？

　　A. 在體操館。　　　　B. 在體育館。

　　C. 在健身房。　　　　D. 在活動室。

　　* lift (lɪft) *v.* 舉起　　weight (wet) *n.* 重物

第三題到第五題，請看圖片 **B**。

3. (**C**) 彼得看起來正在做什麼？

　　A. 打電話。

　　B. 發動他的車子。

　　C. 過馬路。

　　D. 爬柱子。

　　* appear (ə'pɪr) *v.* 看起來；似乎

make a phone call 打電話　　start〔start〕v. 啟動
cross〔krɔs〕v. 橫越　　pole〔pol〕n. 柱子；竿

4. (**D**) 請再看圖片 B。安東尼看起來正在做什麼？

　　A. 騎腳踏車。　　　　　　　B. 上公車。
　　C. 吃三明治。　　　　　　　D. 推手推車。

　　* board〔bord〕v. 上（車、船、飛機）
　　sandwich〔'sændwɪtʃ〕n. 三明治　　push〔puʃ〕v. 推
　　cart〔kɑrt〕n. 小型手推車

5. (**D**) 請再看圖片 B。在背景中我們可以看到什麼？

　　A. 花朵。　　　　　　　　　B. 小鳥。
　　C. 雲朵。　　　　　　　　　D. 山。

　　* background〔'bæk,graʊnd〕n.（風景、繪畫、照片等的）背景
　　cloud〔klaʊd〕n. 雲　　mountain〔'maʊntn̩〕n. 山

第六題和第七題，請看圖片 C。

6. (**A**) 這位女士正在做什麼？

　　A. 她正在洗碗。
　　B. 她正在煮飯。
　　C. 她正在掃地。
　　D. 她正在換衣服。

　　* **wash dishes** 洗碗　　prepare〔prɪ'pɛr〕v. 準備
　　meal〔mil〕n. 一餐　　sweep〔swip〕v. 掃
　　floor〔flor〕n. 地板　　change〔tʃendʒ〕v. 更換
　　clothes〔kloz〕n. pl. 衣服

7. (**C**) 請再看圖片 C。這位男士在女士的哪個方向？

　　A. 他在她的右邊。　　　　　B. 他在她的左邊。
　　C. 他在她的後面。　　　　　D. 他在她的前面。

　　* **in relation to** 關於；與…相比較
　　behind〔bɪ'haɪnd〕prep. 在…之後

第八題和第九題，請看圖片 **D**。

8.(**C**) 從這張表格中，我們可以得知什麼有關 1819 號巴士的資訊？

A. 行駛路線上公車停靠站
的數量。

B. 公車的出發點。

C. 票價。

D. 公車司機的名字。

Bus Line	Kuo-Kuang Motor Transport 國光客運 【Line:1819】 To:Taipei Main Station
Appearance	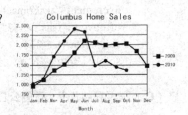
Service Hours	Every 15-30 mins, 24 hours
Travel Time	1 hour
Ticket Price	NT$125

* information〔͵ɪnfəˋmeʃən〕*n.* 資訊；情報
learn〔lɝn〕*v.* 得知　　line〔laɪn〕*n.*（鐵路、巴士等的）路線
table〔ˋtebḷ〕*n.* 表　　stop〔stɑp〕*n.* 停車站
route〔rut〕*n.* 路線　　***original point*** 原點
departure〔dɪˋpɑrtʃə〕*n.* 出發　　ticket〔ˋtɪkɪt〕*n.* 票
price〔praɪs〕*n.* 價格　　driver〔ˋdraɪvə〕*n.* 駕駛人

9.(**A**) 請再看圖片 D。下列哪項敘述是正確的？

A. 1819 號巴士 24 小時都有行駛。

B. 尖峰時間 1819 號巴士每五分鐘一班。

C. 1819 號巴士再過一小時從台北車站出發。

D. 從機場出發的乘客，搭 1819 號巴士是免費的。

* statement〔ˋstetmənt〕*n.* 敘述　　run〔rʌn〕*v.* 行駛
peak hours 尖峰時間　　depart〔dɪˋpɑrt〕*v.* 出發
free〔fri〕*adj.* 免費的　　passenger〔ˋpæsṇdʒə〕*n.* 乘客
airport〔ˋɛr͵port〕*n.* 機場

第十題和第十一題，請看圖片 **E**。

10.(**B**) 2010 年七月哥倫布有多少房子賣出？

A. 1,000。

B. 1,500。

C. 2,000。

D. 2,250。

* Columbus〔kəˋlʌmbəs〕*n.* 哥倫布【美國俄亥俄州(Ohio)的首府】
sell〔sɛl〕*v.* 賣；出售

11. (**C**) 請再看圖片 E。比較哥倫布 2009 年和 2010 年的房屋銷售量。
下列敘述何者正確？

　　A. 在 2009 和 2010 年，一月賣出的房子比任何其他月份賣出的多。

　　B. 在 2010 年，房屋銷售量在四月和五月都下降。

　　C. <u>在 2009 年，房屋銷售量在九月和十月都維持不變。</u>

　　D. 在 2010 年，房屋銷售量在十一月大幅度地成長。

　　* compare〔kəm'pɛr〕v. 比較　　sales〔selz〕n. pl. 銷售量
　　　decrease〔dɪ'kris〕v. 減少　　remain〔rɪ'men〕v. 依然；保持
　　　constant〔'kɑnstənt〕adj. 不變的　　increase〔ɪn'kris〕v. 增加
　　　dramatically〔drə'mætɪkḷɪ〕adv. 大大地

第十二題和第十三題，請看圖片 F。

12. (**D**) 誰會對這個公告最有興趣？

　　A. 屋主。　　　　　　　　　B. 車主。

　　C. 企業主。　　　　　　　　D. <u>狗主人。</u>

　　* **be interested in** 對⋯有興趣
　　　notice〔'notɪs〕n. 公告；通知
　　　owner〔'onɚ〕n. 所有者
　　　business〔'bɪznɪs〕n. 企業
　　　Chile〔'tʃɪlɪ〕n. 智利【位於南美洲】
　　　government〔'gʌvɚmənt〕n. 政府　　Scotland〔'skɑtlənd〕n. 蘇格蘭
　　　act〔ækt〕n. 法令　　section〔'sɛkʃən〕n.（法令的）條款
　　　apply to 適用於　　recreational〔ˌrɛkrɪ'eʃənḷ〕adj. 娛樂的
　　　sporting〔'sportɪŋ〕adj. 運動用的　　purpose〔'pɝpəs〕n. 目的
　　　maintain〔men'ten〕v. 維持；保養　　authority〔ə'θɔrətɪ〕n. 官方機構
　　　in charge of 負責；照顧　　deposit〔dɪ'pɑzɪt〕v. 放置
　　　excrement〔'ɛkskrɪmənt〕n. 排泄物；糞便　　**be guilty of** 犯下⋯的罪
　　　offence〔ə'fɛns〕n. 犯罪　　**be liable to** 應服⋯的；受到⋯的懲罰
　　　fine〔faɪn〕n. 罰款　　exceed〔ɪk'sid〕v. 超過
　　　solely〔'sollɪ〕adv. 只；完全　　guidance〔'gaɪdns〕n. 引導

13. (**C**) 請再看圖片 F。這個公告最有可能被貼在哪裡？

　　A. 圖書館。　　　　　　　　B. 超級市場。

　　C. <u>公園。</u>　　　　　　　　D. 地鐵站。

* likely〔ˈlaɪklɪ〕*adv.* 可能　　post〔post〕*v.* 張貼
supermarket〔ˈsupɚˌmarkɪt〕*n.* 超級市場　　public〔ˈpʌblɪk〕*adj.* 公共的
subway〔ˈsʌbˌwe〕*n.* 地下鐵　　station〔ˈsteʃən〕*n.* 車站

第十四題和第十五題，請看圖片 G。

14.（**C**） 在「住宅區女孩精品店」中最有可能會賣什麼？

A. 蔬菜。　　　　　　　　B. 玩具。

C. <u>衣服。</u>　　　　　　　D. 辦公室用品。

* *on sale* 出售　　uptown〔ˈʌpˈtaʊn〕*n.* 住宅區
boutique〔buˈtik〕*n.* 精品店；專售流行服飾的小時裝店
vegetable〔ˈvɛdʒtəbḷ〕*n.* 蔬菜　　toy〔tɔɪ〕*n.* 玩具
clothing〔ˈkloðɪŋ〕*n.*（集合稱）衣服　　office〔ˈɔfɪs〕*n.* 辦公室
supplies〔səˈplaɪz〕*n. pl.* 日常用品；補給品

15.（**D**） 請再看圖片 G。如果購物者使用廣告中所附的
優待券，那麼最多可能得到多少優惠？

A. 20%。　　　　　　　　B. 25%。

C. 75%。　　　　　　　　D. <u>80%。</u>

* maximum〔ˈmæksəməm〕*adj.* 最大的；最高的
possible〔ˈpasəbḷ〕*adj.* 可能的　　discount〔ˈdɪskaʊnt〕*n.* 折扣
shopper〔ˈʃapɚ〕*n.* 購物者；（商店）顧客
receive〔rɪˈsiv〕*v.* 收到；得到　　coupon〔ˈkupan〕*n.* 優待券
include〔ɪnˈklud〕*adj.* 包括　　advertisement〔ˌædvɚˈtaɪzmənt〕*n.* 廣告

第二部份：問答

16.（**C**） 你今天會工作到很晚嗎？

A. 我會在工作。　　　　　　B. 一天中只有這麼多時間。

C. <u>除非老闆要求我留到很晚。</u>　D. 試著避開交通尖峰時間。

* late〔let〕*adv.* 晚地　　*at work* 工作中　　*only if*… 除非…；只有當…
boss〔bɔs〕*n.* 老闆　　stay〔ste〕*v.* 停留　　avoid〔əˈvɔɪd〕*v.* 避開
rush hour（交通）尖峰時間

17.（**A**） 如果有人請你隨意給他一句忠告，你會說什麼？

A. <u>我會說要聰明地工作，而不是埋頭苦幹。</u>
B. 我會說你變瘦了。
C. 我會說他們不知道他們在說什麼。
D. 我會說我們有相當大的機會會成功。

* random (ˈrændəm) adj. 隨機的；隨意的
  a piece of 一個（忠告）　　advice (ədˈvaɪs) n. 忠告
  smart (smɑrt) adv. 聰明地　　lose (luz) v. 減輕
  weight (wet) n. 體重　　fair (fɛr) adj. 相當大的
  chance (tʃæns) n. 機會　　success (səkˈsɛs) n. 成功

18. (**A**) 你比較喜歡女孩子長髮或直髮？

A. <u>我沒有特別喜歡哪種。</u>　　　　B. 她的頭髮非常捲。
C. 很多女生花了很多時間弄頭髮。　D. 我的理髮師來自義大利。

* prefer (prɪˈfɝ) v. 比較喜歡　　　　straight (stret) adj. 直的
  preference (ˈprɛfrəns) n. 偏愛　　curly (ˈkɝlɪ) adj. 捲的
  barber (ˈbɑrbə) n. 理髮師

19. (**C**) 不論晴雨，演唱會都會舉行嗎？

A. 不，它不會。【時態錯誤】　　B. 不，他們不會。
C. <u>是的，它會。</u>　　　　　　　D. 是的，你可以。

* concert (ˈkɑnsɝt) n. 音樂會；演唱會
  hold (hold) v. 舉行　　*rain or shine* 不論晴雨

20. (**C**) 你可以幫我把門開著嗎？

A. 它鎖住了。　　　　　　　　B. 打開門。
C. <u>這裡，讓我來。</u>　　　　　　D. 進來吧。

* hold (hold) v. 使…保持（某種狀態）　　lock (lɑk) v. 鎖
  here (hɪr) adv. 給你；來【用於給別人東西時】　　allow (əˈlaʊ) v. 允許
  allow me 讓我來　　*come on in* 進來吧

21. (**A**) 你有聽說關於霍華德和薇拉的最新八卦嗎？

A. <u>他們又分手了，不是嗎？</u>　　B. 我們太相信他了，不是嗎？
C. 我的狗又一直在叫了，不是嗎？　D. 你又睡過頭了，不是嗎？

* latest〔'letɪst〕adj. 最新的　　gossip〔'gasəp〕n. 閒話
break up 分手　　credit〔'krɛdɪt〕n. 信用；信賴
bark〔bark〕v. 吠叫　　oversleep〔'ovə'slip〕v. 睡過頭

22. (**B**) 奧利佛還會來跟我們吃晚餐嗎？

　　A. 我搖不動它。　　　　　　B. <u>他無法來。</u>
　　C. 她無法忍受。　　　　　　D. 你無法偽造它。

　　* shake〔ʃek〕v. 搖動　　**make it** 成功；辦到；能來
　　take〔tek〕v. 忍受　　fake〔fek〕v. 偽造；仿冒

23. (**D**) 現在訂聖誕假期的飯店房間會太早嗎？

　　A. 它一年只會發生一次。　　B. 它讓我想起了某件事。
　　C. 它似乎是很艱難的工作。　　D. <u>再等一下或許會比較好。</u>

　　* book〔buk〕v. 預定　　hotel〔ho'tɛl〕n. 旅館
　　Christmas〔'krɪsməs〕n. 聖誕節　　vacation〔ve'keʃən〕n. 假期
　　happen〔'hæpən〕v. 發生　　once〔wʌns〕adv. 一次
　　remind〔rɪ'maɪnd〕v. 使想起<of>　　tough〔tʌf〕adj. 困難的
　　wait〔wet〕v. 等

24. (**A**) 雨已經停了。

　　A. <u>太棒了！我們走吧。</u>　　B. 那真是太糟了。我不知道。
　　C. 噢，不！我們會被淋濕。　　D. 他在開玩笑。那並沒有發生。

　　* great〔gret〕adj. 極好的　　terrible〔'tɛrəbl〕adj. 很糟的
　　wet〔wɛt〕adj. 濕的　　kid〔kɪd〕v. 開玩笑

25. (**C**) 寶拉，妳看！妳和娜塔麗穿一模一樣的毛衣耶。

　　A. 我有個問題。　　　　　　B. 這裡很寒冷。
　　C. <u>真巧！</u>　　　　　　　　D. 她正在施展她自己的魅力。

　　* **check out** 查看　　exact〔ɪg'zækt〕adj. 精確的
　　same〔sem〕adj. 相同的　　**the exact same** 正是同一個…
　　sweater〔'swɛtə〕n. 毛衣　　problem〔'prabləm〕n. 問題
　　freezing〔'frizɪŋ〕adj. 嚴寒的　　coincidence〔ko'ɪnsədəns〕n. 巧合
　　What a coincidence! 真巧！　　charm〔tʃarm〕n. 魅力
　　use one's **charm** 施展自己的魅力

26. (**B**) 這台摩托車是誰的？它不應該停在這裡。

    A. 馬路上不安全。   B. <u>鄰居的朋友。</u>

    C. 要確定你有戴安全帽。   D. 如果你想要的話可以用我的。

    * scooter ﹝'skutɚ﹞ *n.* 摩托車　　***belong to*** 屬於　　***be supposed to*** 應該
　　park ﹝park﹞ *v.* 停 (車)　　neighbor ﹝'nebɚ﹞ *n.* 鄰居
　　make sure 確定　　wear ﹝wɛr﹞ *v.* 戴著　　helmet ﹝'hɛlmɪt﹞ *n.* 安全帽

27. (**A**) 什麼事花了艾琳這麼久的時間？

    A. <u>她正在化妝。</u>   B. 我們和艾琳約在門口見面。

    C. 你需要多少就拿多少。   D. 很長的一段時間。

    * take ﹝tek﹞ *v.* 花費　　makeup ﹝'mek,ʌp﹞ *n.* 化妝
　　do one's makeup 化妝　　meet ﹝mit﹞ *v.* 和…見面
　　as many as 和…一樣多

28. (**B**) 哪裡是最近可以買清洗用品的地方？

    A. 我們有個女傭。   B. <u>在貝克街上有一間超市。</u>

    C. 這間房間很髒。

    D. 當生活用品快用完的時候，請告訴我。

    * near ﹝nɪr﹞ *adj.* 近的　　cleaning ﹝'klinɪŋ﹞ *n.* 清洗
　　supplies ﹝sə'plaɪz﹞ *n. pl.* 生活用品　　housemaid ﹝'haʊs,med﹞ *n.* 女傭
　　filthy ﹝'fɪlθɪ﹞ *adj.* 髒的　　run ﹝rʌn﹞ *v.* 變得
　　low ﹝lo﹞ *adj.* 少的；不足的　　***run low on*** 快用完了 (= *run short of*)

29. (**C**) 昨天你和教授的會面如何？

    A. 來來回回地。   B. 上面與下面。

    C. <u>簡短而愉快的。</u>   D. 頂端與底部。

    * meeting ﹝'mitɪŋ﹞ *n.* 會面；會議　　professor ﹝prə'fɛsɚ﹞ *n.* 教授
　　back and forth 來回地　　***short and sweet*** 簡短而愉快的

30. (**A**) 你覺得這週末會因為節日而交通繁忙嗎？

    A. <u>我無法想像為什麼不會如此。</u>

    B. 我已經盡力在減肥了。   C. 大部分的人會去。

    D. 讓我們慢慢來好好地遊覽吧。

* heavy〔ˈhɛvɪ〕*adj.* 繁忙的　***heavy traffic*** 交通擁擠；交通繁忙
  weekend〔ˈwikˈɛnd〕*n.* 週末　***because of*** 因為
  holiday〔ˈhɑləˌde〕*n.* 節日　imagine〔ɪˈmædʒɪn〕*v.* 想像
  try one's best 盡力　***lose weight*** 減肥
  take one's time 慢慢來　sight〔saɪt〕*n.* 風景
  the sights 風景名勝　***see the sights*** 觀光；遊覽

第三部份：簡短對話

31.(**D**)　男：問題就出在這裡，小姐。看到這個橡皮管了嗎？它都已經磨損了。橡皮管因為爆裂所以讓所有的煞車油都流光了。這就是為什麼每次妳踩煞車時都會聽到雜音。

女：太棒了！如果換掉橡皮管，我就可以上路了。

男：這…沒那麼簡單，強生小姐。我們還必須換掉四個輪子上的襯墊跟滾筒。

女：噢，不！你在跟我開玩笑吧！怎麼會這麼麻煩？

男：嗯，坦白說，妳應該在聽到雜音和看到煞車警示燈亮時，就馬上將車子送來維修。妳又把車子開了三天，這對妳並沒有任何好處。

女：這要花我多少錢？

男：一整個全新的系統，我們不會收超過一千美金。

問：過去這三天，這位女士做了什麼？

A. 無照駕駛。

B. 在沒有車前燈的狀態下開車。

C. 在沒有方向盤的狀態下開車。

D. <u>在沒有煞車油的狀態下開車。</u>

* ma'am〔mæm〕*n.* 太太；小姐　hose〔hoz〕*n.* 軟水管；橡皮管
  wear out 磨損　pop〔pɑp〕*v.* 啪的一聲爆裂
  drain〔dren〕*v.* 排出（液體）；使流出　brake〔brek〕*n.* 煞車
  fluid〔ˈfluɪd〕*n.* 液體　***brake fluid*** 煞車油
  noise〔nɔɪz〕*n.* 噪音；雜音　***hit the brakes*** 踩煞車
  fantastic〔fænˈtæstɪk〕*adj.* 很棒的　replace〔rɪˈples〕*v.* 更換
  pad〔pæd〕*n.* 襯墊　drum〔drʌm〕*n.* 鼓輪；卷筒；滾筒

wheel〔hwil〕*n.* 輪子　　hassle〔'hæsḷ〕*n.* 麻煩；困難
to be honest 坦白說　　***as soon as*** 一…就　　***warning light*** 警示燈
do sb. a favor 幫助某人　　***drive around*** 四處開車
set sb. back 花費某人（錢）　　whole〔hol〕*adj.* 全部的
system〔'sɪstəm〕*n.* 系統　　grand〔grænd〕*n.*【美俚】千元
license〔'laɪsṇs〕*n.* 執照　　headlight〔'hɛd,laɪt〕*n.*（汽車等的）前燈
steer〔stɪr〕*v.* 操縱；駕駛　　***steering wheel***（汽車的）方向盤

32. (**C**) 男：嗨，艾希莉。我們明天要去海灘。妳想要一起去嗎？

　　　　女：不了，謝謝，卡爾。我不會游泳。

　　　　男：妳不一定要下水。妳可以只待在沙灘上。我們在組二對二的排
　　　　　　球比賽。妳可以當我的隊友。

　　　　女：是啦，還是謝謝，卡爾，但除了我不會游泳之外，我也非常容
　　　　　　易曬傷。

　　　　男：妳的膚色真的很蒼白。還有紅頭髮的人比較容易曬傷。好吧，
　　　　　　那真是太可惜了。

　　　　問：關於艾希莉，何者為真？

　　　　A. 她很會游泳。　　　　　　B. 她是個很好的運動員。

　　　　C. 她的頭髮是紅色的。　　　　D. 她有一些過敏症。

　　　* beach〔bitʃ〕*n.* 海灘　　join〔dʒɔɪn〕*v.* 參加　　***hang out*** 徘徊；閒蕩
　　　　organize〔'ɔrgən,aɪz〕*v.* 組織　　volleyball〔'valɪ,bɔl〕*n.* 排球
　　　　tournament〔'tɝnəmənt〕*n.* 競賽；錦標賽
　　　　teammate〔'tim,met〕*n.* 隊友　　***in addition to*** 除了…之外（還有）
　　　　lack〔læk〕*n.* 缺乏　　skill〔skɪl〕*n.* 技術
　　　　extremely〔ɪk'strimlɪ〕*adv.* 非常
　　　　sensitive〔'sɛnsətɪv〕*adj.* 敏感的 < to >
　　　　sunburn〔'sʌnbɝn〕*n.* 曬黑；曬傷　　athlete〔'æθlit〕*n.* 運動員
　　　　allergy〔'ælɚdʒɪ〕*n.* 過敏症

33. (**A**) 女：噢，保羅。關於美國南北戰爭你知道些什麼？

　　　　男：這是個奇怪的問題。讓我想想。我知道這是美國北方和南方的
　　　　　　戰爭，大約發生在 1860 年代。

　　　　女：還有什麼其他的嗎？

　　　　男：妳是要寫報告還是做什麼嗎，凱蒂？

女：不是。我只是好奇。想和你聊聊。

男：好的，嗯，就我所知，這場戰爭是和奴隸制度有關。北方人想要廢除這項制度，但南方人卻不想。這只是對這件事大概地描述而已，但我想這已經包含了這場衝突的要點了。

問：這段對話主要在談論什麼？

A. 一個歷史事件。　　　　　　B. 一場藝術展覽。

C. 女人的期末報告。　　　　　D. 男人的政治觀點。

* civil（'sɪvḷ）*adj.* 國內的　　***Civil War***（美國）南北戰爭（1861～1865）
Let's see. 讓我想想。　　fight（faɪt）*v.* 打仗
paper（'pepɚ）*n.* 報告　　***or something*** 或什麼的
curious（'kjʊrɪəs）*adj.* 好奇的　　***make conversation*** 交談；聊天
as far as I know 就我所知　　slavery（'slevərɪ）*n.* 奴隸制度
get rid of 除去；擺脫　　while（hwaɪl）*conj.* 然而
Southerner（'sʌðənɚ）*n.* 南方人　　paint（pent）*v.* 畫；描寫；敘述
broad（brɔd）*adj.* 寬的　　stroke（strok）*n.* 一筆；一畫
paint it with a broad stroke 大概地描述
cover（'kʌvɚ）*v.* 包含；涵蓋
gist（dʒɪst）*n.* 要點（ = *point*）　　conflict（'kɑnflɪkt）*n.* 衝突；戰鬥
historical（hɪs'tɔrɪkḷ）*adj.* 歷史上的　　event（ɪ'vɛnt）*n.* 事件
art（ɑrt）*n.* 藝術　　exhibit（ɪg'zɪbɪt）*n.* 展覽　　term（tɜm）*n.* 學期
term paper 期末報告　　political（pə'lɪtɪkḷ）*adj.* 政治的
view（vju）*n.* 看法

34.（ **C** ）男：我們接下來有長達四天的連續假期，珍妮。妳有什麼計畫嗎？

女：沒有，傑森。我會在家準備期中考。

男：好。很好的計畫。事實上，妳會很驚訝有多少人會做同樣的事。

女：真的嗎？那你呢？

男：我禮拜四會去嘉義探望我爺爺，但我週末其他時間都會待在家。

女：我們星期六和星期天應該來辦個讀書會。

男：那真是個好主意！

問：星期四可能會發生什麼事？

A. 傑森和珍妮會一起讀書。

B. 珍妮會去嘉義探望她的爺爺。

C. 珍妮會在家讀書。   D. 傑森會在家讀書。

* ***come up*** 接近   mid-term〔,mɪd'tɜm〕*n.* 期中考
actually〔'æktʃʊəlɪ〕*adv.* 事實上   surprised〔sə'praɪzd〕*adj.* 驚訝的
visit〔'vɪzɪt〕*v.* 探望   rest〔rɛst〕*n.* 其餘的人或物
put together 組合；組織   ***study group*** 讀書會

35.(**C**) 女：那是一本好書。謝謝你把它借我。

男：這本書可以送妳，瑪西亞。

女：我不能收下它，卡洛斯！

男：爲什麼不行？我看過了。我已經讀完了。留著吧。書應該要拿
    來分享，而不是堆在書架上。如果妳不想要，就把它給其他人
    吧。

女：哇！你所有看過的書都是這樣做的嗎？

男：有些書我會保留的比其他書久，主要是因爲它們需要花比較長
    的時間讀。不僅僅只是讀而已，而是眞正地理解。

女：你眞是個哲學家啊，卡洛斯。

問：卡洛斯讀完書之後通常會怎麼做？

A. 他把它們放在書架上。   B. 他將它們捐給圖書館。

C. 他把它們送給他的朋友。   D. 他會再讀一次。

* lend〔lɛnd〕*v.* 借（出）   keep〔kip〕*v.* 保有；保留
be done with 做完   share〔ʃɛr〕*v.* 分享
stack〔stæk〕*v.* 堆放   shelf〔ʃɛlf〕*n.* 架子
mainly〔'menlɪ〕*adv.* 主要地   take〔tek〕*v.* 花費
truly〔'trulɪ〕*adv.* 眞正地   philosopher〔fə'lɑsəfə〕*n.* 哲學家
do with 處理   donate〔'donet〕*v.* 捐贈   ***give away*** 贈送

36.(**A**) 女：很高興認識你，邁爾斯。祝你去非洲旅遊順利。

男：妳也是，莎夏。嘿，妳有臉書嗎？

女：我有，但我沒有常用。如果你要的話，你可以關注我的推特。

男：噢，我不是這個意思。

女：對不起。我誤會什麼了嗎？

男：也許吧。這樣說明白嗎，我問妳有沒有臉書，因為如果妳對我
　　在非洲拍的照片有興趣的話，我會上傳照片到臉書。

女：好⋯我了解了。你有在用 Instagram 嗎？

男：沒有，但我有在用 Tumblr 部落格。

女：或許我會去看看。再次祝你旅途一路順風。

問：說話者主要在討論什麼？

A. 社群網站。　　　　　　　　B. 非洲志工服務機會。
C. 週末計畫。　　　　　　　　D. 共同的朋友。

* meet〔mit〕v. 認識　　Africa〔'æfrɪkə〕n. 非洲
  say〔se〕interj. 我說；嘿　　follow〔'falo〕v. 關注⋯的進展
  Facebook〔'fes,buk〕n. 臉書　　account〔ə'kaunt〕n. 帳號
  Twitter〔'twɪtɚ〕n. 推特　　mean〔min〕v. 意思是
  misunderstand〔,mɪsʌndɚ'stænd〕v. 誤會
  perhaps〔pɚ'hæps〕adv. 也許　　see〔si〕v. 了解；明白
  be interested in 對⋯有興趣　　photo〔'foto〕n. 照片
  post〔post〕v. 張貼
  Instagram 一個免費提供線上圖片及短視訊分享的社交應用程式，於
  　　2010 年 10 用發行。
  Tumblr 一個輕量級部落格。使用者可跟進（follow）其他的會員並在
  　　自己的頁面上看到跟進會員發表的文章。還可以轉發他人在 Tumblr 上
  　　的文章。　　**check it out** 看看
  networking〔'nɛt,wɝkɪŋ〕n. 聯網　　website〔'wɛb,saɪt〕n. 網站
  social networking website 社群網站　　volunteer〔,valən'tɪr〕n. 志願者
  opportunity〔,apɚ'tunətɪ〕n. 機會　　mutual〔'mjutʃuəl〕adj. 共同的

37. (**C**) 女：你生日什麼時候？

　　男：四月十二號。

　　女：噢，那你是牡羊座。我是獅子座。八月三號。

　　男：都是火象星座。等一下，妳幾年生的？

　　女：1994 年。

　　男：那麼是狗年。我屬猴。

　　問：關於說話者，我們知道什麼？

　　A. 他們同年。　　　　　　　　B. 他們生日在同一天。
　　C. 他們不同年出生。　　　　　　D. 他們都是水象星座。

* Aries〔'ɛriz〕*n.* 牡羊座　　Leo〔'lio〕*n.* 獅子座　　sign〔saɪn〕*n.* 星座
fire sign 火象星座【包含牧羊座（Aries）、獅子座（Leo）及射手座
　　（Sagittarius）】
water sign 水象星座【包含巨蟹座（Cancer）、天蠍座（Scorpio）及雙魚座
　　（Pisces）】

38.(**C**)　女：波西，我需要在我的辦公室和你談談。
　　　　　男：當然可以，妮娜。現在嗎？
　　　　　女：嗯，十分鐘後。並不是什麼非常緊急的事。
　　　　　男：妳害我擔心了一下，妮娜。
　　　　　女：真的嗎？
　　　　　男：真的。我還以為妳要開除我。
　　　　　女：你到底為什麼會那麼想？
　　　　　男：蓋瑞在會議的時候說有人將會因過失而被開除。我也以為他在
　　　　　　　指我。
　　　　　女：別聽蓋瑞說的。在這裡是由我來作主。
　　　　　問：女人的話暗示了什麼？

　　　A. 波西應該要被開除。　　　　　B. 會議相當有成效。
　　　C. 蓋瑞沒有開除人的權利。　　　D. 她不喜歡開除人。

　　* **have a word with** 和…談一談　　terribly〔'tɛrəblɪ〕*adv.* 非常
　　urgent〔'ɝdʒənt〕*adj.* 緊急的　　second〔'sɛkənd〕*n.* 瞬間；片刻；秒
　　fire〔faɪr〕*v.* 開除　　**on earth** 究竟；到底　　roll〔rol〕*v.* 滾動
　　heads will roll 會有許多人掉腦袋；會有許多人受嚴厲處分
　　assume〔ə'sum〕*v.* 認為　　decision〔dɪ'sɪʒən〕*n.* 決定
　　around here 這裡　　imply〔ɪm'plaɪ〕*v.* 暗示
　　deserve〔dɪ'zɝv〕*v.* 應得　　productive〔prə'dʌktɪv〕*adj.* 有成效的
　　authority〔ə'θɔrətɪ〕*n.* 權威；權力　　enjoy〔ɪn'dʒɔɪ〕*v.* 喜歡

39.(**C**)　男：妳早上會先做的事情有哪些？
　　　　　女：都是些很平常的事。刷牙、上廁所、洗臉。
　　　　　男：妳不沖澡嗎？
　　　　　女：不，我通常是晚上沖澡。我也會在那時候洗頭。我頭髮要很久
　　　　　　　才會乾。

男：噢，所以妳早上沒有時間。

女：平日沒有。我第一堂課八點十五分就開始了，所以如果我在去
　　人文大樓的路上，還有機會喝一杯咖啡就很幸運了。

問：關於這位女士，我們知道什麼？

A. 她有室友。　　　　　　　　B. 她在節食。

C. 她是個學生。　　　　　　　D. 她都在早上沖澡。

* usual〔ˈjuʒʊəl〕adj. 平常的　　stuff〔stʌf〕n. 東西；事物
  brush〔brʌʃ〕v. 刷　　restroom〔ˈrɛstˌrum〕n. 洗手間
  take a shower 沖澡　　***it takes forever*** …要花很久的時間
  during the week 在平日　　grab〔græb〕v. 抓；匆忙地吃（喝）
  humanities〔hjuˈmænətɪz〕n. pl. 人文科學
  Humanities building 人文大樓　　roommate〔ˈrumˌmet〕n. 室友
  on a diet 節食

40. (**C**) 女：什麼時候吃晚餐？

男：應該七點半以前會準備好。妳現在餓了嗎？

女：還好。我的意思是，對，我餓了，但我可以等。

男：嗯，我有一些大餅和鷹嘴豆泥。妳可以先吃一點來止餓。

女：謝謝，但我不想破壞我的食慾，可是鷹嘴豆泥聽起來很好吃。

男：它很新鮮。我今天下午在中東市場的黃昏市集買的。

女：也許我可以嚐一點就好。它實在太吸引人了，我不想錯過。

問：這位男士最有可能在做什麼？

A. 洗衣服。　　　　　　　　　B. 寫作業。

C. 煮飯。　　　　　　　　　　D. 打掃。

* ready〔ˈrɛdɪ〕adj. 準備好的　　by〔baɪ〕prep. 在…之前
  hungry〔ˈhʌŋgrɪ〕adj. 飢餓的　　flatbread〔ˈflætˌbrɛd〕n. 大餅；扁麵包
  hummus〔ˈhʊməs〕n. 鷹嘴豆泥【中東食品，將鷹嘴豆、油和大蒜搗碎而成】
  nibble〔ˈnɪbl〕v. 一點一點地吃＜on＞　　***tide sb. over*** 幫…度過難關
  spoil〔spɔɪl〕v. 破壞　　appetite〔ˈæpəˌtaɪt〕n. 食慾
  though〔ðo〕adv. 不過；可是　　***Middle Eastern*** 中東的
  sunset〔ˈsʌnˌsɛt〕n. 日落　　taste〔test〕n. 少量；一點點
  tempting〔ˈtɛmptɪŋ〕adj. 吸引人的　　***pass up*** 錯過（機會）
  laundry〔ˈlɔndrɪ〕n. 待洗的衣服　　***do the laundry*** 洗衣服

41. (**D**) 女：你最喜愛的食物是什麼？

男：妳是指菜餚的種類，還是只是單一項最喜歡吃的東西？

女：料理的種類。

男：啊，嗯，實在很難在墨西哥料理和印度料理之間做出抉擇。我喜歡辣的食物。

女：韓國料理中也有很多辣的食物。

男：沒錯，但是是不同種類的辣。不要誤解我的意思，我也喜歡韓國料理。

女：我懂你的意思。印度料理中用了很多韓國料理不常用的咖哩以及其他香料。

問：說話者主要在討論什麼？

A. 地理學。 　　　　　　　B. 文化。

C. 天氣。 　　　　　　　　D. <u>食物。</u>

* favorite〔'fevrɪt〕*adj.* 最喜愛的　　　 type〔taɪp〕*n.* 類型
cuisine〔kwɪ'zin〕*n.* 菜餚　　　 toss-up〔'tɔs͵ʌp〕*n.* 擲銅板；難以決定的事
Mexican〔'mɛksɪkən〕*adj.* 墨西哥的　　 Indian〔'ɪndɪən〕*adj.* 印度的
spicy〔'spaɪsɪ〕*adj.* 辛辣的　　　 Korean〔kə'riən〕*adj.* 韓國的
item〔'aɪtəm〕*n.* 項目　 *as well* 也（= *too*）　　 hot〔hɑt〕*n.* 辣味
get sb. wrong 誤解某人的意思　　 curry〔'kɝɪ〕*n.* 咖哩
spice〔spaɪs〕*n.* 香料　　 geography〔dʒi'ɑgrəfɪ〕*n.* 地理學
culture〔'kʌltʃɚ〕*n.* 文化　　 weather〔'wɛðɚ〕*n.* 天氣

42. (**D**) 男：嗯，我想以夜間遞送的方式將這個包裹寄到莫斯科。

女：請填表格 XB-9。再將表格連同包裹以及附有照片的身分證件帶來。

男：妳有筆可以借我嗎？

女：先生，在放有表格的櫃台上有筆。

男：謝謝。如果我沒有帶附有照片的身分證件該怎麼辦？

女：你需要另外再填表格 HB-12，並提供住家地址和手機號碼的確認證明。水電帳單或是第四台的帳單都可以接受。

問：這位男士想要做什麼？

A. 買機票。 　　　　　　　B. 訂飯店房間。

C. 應徵工作。 　　　　　　D. <u>寄包裹。</u>

* overnight〔'ovə'naɪt〕v. 夜間寄送　　package〔'pækɪdʒ〕n. 包裹
Moscow〔'mɑsko〕n. 莫斯科【蘇聯及俄羅斯共和國之首都】
fill out 填寫　　form〔fɔrm〕n. 表格　　photo〔'foto〕n. 相片
ID〔'aɪ'di〕n. 身份證明 (= *identity card*)
locate〔'loket〕v. 把…設置在　　counter〔'kauntə〕n. 櫃台
what if 如果…該怎麼辦　　provide〔prə'vaɪd〕v. 提供
verification〔,vɛrəfɪ'keʃən〕n. 確認；證明　　address〔ə'drɛs〕n. 地址
utility〔ju'tɪlətɪ〕n. 公用事業 (水、電、瓦斯等)
utility bill 水電費帳單　　cable〔'kebl〕n. 有線電視
cable bill 第四台帳單　　acceptable〔ək'sɛptəbl〕adj. 可接受的
book〔buk〕v. 預訂　　*apply for* 申請；應徵　　mail〔mel〕v. 郵寄

43. (**B**) 男：我是來見凱文‧里克斯的。
　　　女：是的，先生，里克斯先生現在正在開會。你有事先和他約今天
　　　　　早上要見面嗎？
　　　男：不，我沒有。里克斯先生親自叫我來的。
　　　女：你的名字是？
　　　男：菲爾‧里克斯。我是他的兄弟。
　　　女：里克斯先生，請你先坐一下，我來連絡里克斯先生的秘書。稍
　　　　　等一下。
　　　問：這位女士將要做什麼？
　　　A. 打電話給凱文‧里克斯。　　B. 打電話給凱文‧里克斯的秘書。
　　　C. 幫菲爾‧里克斯預約會面時間。
　　　D. 打斷菲爾‧里克斯和凱文‧里克斯的會議。

* appointment〔ə'pɔɪntmənt〕n. 約會　　personally〔'pɝsn̩lɪ〕adv. 親自
take a seat 坐下　　*get in touch with* 與…聯繫
secretary〔'sɛkrə,tɛrɪ〕n. 秘書　　*hold on* 稍等
moment〔'momənt〕n. 片刻
make an appointment 約定見面時間　　interrupt〔,ɪntə'rʌpt〕v. 打斷

44. (**C**) 男：妳不喜歡威廉，對吧？
　　　女：你為什麼這麼說？
　　　男：妳似乎對他沒什麼興趣。
　　　女：那是因為我對他沒有興趣。

男：但學校裡的每個女生都很愛慕他！他是全校最受歡迎的男生。

女：這對我來說並沒有任何意義。我比較喜歡有內涵的男生。說話有內容的男生。而不是只有帥氣的臉蛋而已。

男：哇，妳真酷！

女：我不這麼覺得。我覺得我只是很實際而已。

問：這位女士對威廉有什麼感覺？

A. 受到吸引的。　　　　B. 害怕的。

C. 沒興趣的。　　　　　D. 好奇的。

* seem〔sim〕*v.* 似乎　　adore〔ə'dor〕*v.* 愛慕
popular〔'pɑpjələ〕*adj.* 受歡迎的　　campus〔'kæmpəs〕*n.* 校園
on campus 在校園內　　substance〔'sʌbstəns〕*n.* 實體；內容
pretty〔'prɪtɪ〕*adj.* 漂亮的　　realistic〔ˌrɪə'lɪstɪk〕*adj.* 實際的
attracted〔ə'træktɪd〕*adj.* 被吸引的　　scared〔skɛrd〕*adj.* 害怕的
uninterested〔ʌn'ɪntrɪstɪd〕*adj.* 不感興趣的
curious〔'kjʊrɪəs〕*adj.* 好奇的

45. (**D**) 男：妳準備好要走了嗎？

女：快了。你有看到我的鑰匙嗎？

男：我上次是在茶几上看到的。

女：它們現在不在那裡。我在想它們可能會被放到哪裡？

男：算了吧。妳不需要它們。我有鑰匙。

女：我知道，但東西不見越久，找到的機會就越小。

男：為什麼妳不像其他人一樣用鑰匙扣？妳從來沒聽過我在抱怨鑰匙不見吧。

問：關於這位男士，下列敘述何者為真？

A. 他找不到他的鑰匙。　　B. 他沒有用鑰匙扣。

C. 他常常弄丟鑰匙。　　　D. 他看到女人的鑰匙在茶几上。

* ***coffee table*** 咖啡桌；茶几　　***last time*** 上一次
wonder〔'wʌndə〕*v.* 想知道　　***Forget it.*** 算了吧。
worse〔wɝs〕*adj.* 更壞的；更差的
「the + 比較級，the + 比較級」表「越⋯就越⋯」
chance〔tʃæns〕*n.* 機會；可能性　　***key ring*** 鑰匙圈
key ring holder 鑰匙扣　　complain〔kəm'plen〕*v.* 抱怨
lost〔lɔst〕*adj.* 遺失的

二、閱讀能力測驗

第一部份：詞彙和結構

1. (**B**) 那行不通的。你根本是試著把方釘放到<u>圓</u>洞裡。

    (A) deep〔 dip 〕*adj.* 深的   (B) *round*〔 raʊnd 〕*adj.* 圓的
    (C) yellow〔'jɛlo 〕*adj.* 黃的   (D) corner〔'kɔrnɚ 〕*adj.* 角落的

    * square〔 skwɛr 〕*adj.* 正方形的   peg〔 pɛg 〕*n.* 釘
    a square peg in a round hole 不得其所的人；不適合的人選

2. (**C**) 越來越少美國人到國外度假，現在他們偏愛較低價的<u>國內</u>景點。

    (A) caloric〔 kə'lɔrɪk 〕*adj.* 熱量的

    (B) primitive〔'prɪmətɪv 〕*adj.* 原始的

    (C) *domestic*〔 də'mɛstɪk 〕*adj.* 國內的

    (D) indoor〔'ɪn‚dor 〕*adj.* 室內的

    * vacation〔 ve'keʃən 〕*v.* 度假   abroad〔 ə'brɔd 〕*adv.* 到國外
    favor〔'fevɚ 〕*v.* 偏愛   destination〔‚dɛstə'neʃən 〕*n.* 目的地

3. (**D**) 隨你抱怨吧，德偉恩，但是這仍然是五十元。要不要隨你。

    (A) lose〔 luz 〕*v.* 失去   (B) lend〔 lɛnd 〕*v.* 借出

    (C) lease〔 lis 〕*v.* 出租

    (D) *leave*〔 liv 〕*v.* 放著；留著   *take it or leave it* 要不要隨你

    * complain〔 kəm'plen 〕*v.* 抱怨   buck〔 bʌk 〕*n.* 一美元

4. (**A**) 最後，我<u>動了憐憫之心</u>，讓小孩吃冰淇淋。

    (A) *relent*〔 rɪ'lɛnt 〕*v.* 變寬容；動憐憫之心

    (B) need〔 nid 〕*v.* 需要   (C) alarm〔 ə'lɑrm 〕*v.* 警告

    (D) demand〔 dɪ'mænd 〕*v.* 要求

    * *in the end* 最後

5. (**D**) 請脫掉衣服並穿上這件長袍。醫生<u>很快</u>就會來看你。

    (A) sharply〔'ʃɑrplɪ 〕*adv.* 銳利地

(B) **remotely** ﹝rɪ'motlɪ﹞ *adv.* 遙遠地

(C) truly ﹝'trulɪ﹞ *adv.* 真實地

(D) ***shortly*** ﹝'ʃɔrtlɪ﹞ *adv.* 很快地

* disrobe ﹝dɪs'rob﹞ *v.* 脫去衣服　　***put on***　穿上

gown ﹝gaʊn﹞ *n.* 長袍；手術衣

6. (**A**) 你仍然打算下個星期<u>休假</u>嗎？

表示「休假」，寫法為「take + 時間 + off」，故選 (A) ***off***。

7. (**C**) 數學家花了好幾個星期試著要解開<u>複雜的</u>方程式。

(A) harrowing ﹝'hæroɪŋ﹞ *adj.* 令人痛心的

(B) energetic ﹝͵ɛnɚ'dʒɛtɪk﹞ *adj.* 充滿活力的

(C) ***complex*** ﹝'kɑmplɛks﹞ *adj.* 複雜的

(D) rigorous ﹝'rɪgərəs﹞ *adj.* 精密的

* mathematician ﹝͵mæθəmə'tɪʃən﹞ *n.* 數學家

solve ﹝sɑlv﹞ *v.* 解決；解釋　　equation ﹝ɪ'kweʒən﹞ *n.* 方程式

8. (**C**) 總統說考試太多會讓教育變得<u>無聊</u>。

(A) fall ﹝fɔl﹞ *adj.* 秋天的　　　(B) ardent ﹝'ɑrdn̩t﹞ *adj.* 熱情的

(C) ***boring*** ﹝'bɔrɪŋ﹞ *adj.* 無聊的　(D) sleepy ﹝'slipɪ﹞ *adj.* 想睡的

* President ﹝'prɛzədənt﹞ *n.* 總統　　education ﹝͵ɛdʒə'keʃən﹞ *n.* 教育

9. (**C**) 小孩被所有<u>展示中</u>的玩具所吸引。

(A) in return 作為回報　　　　(B) at best 最多

(C) ***on display*** 展示中　　　　(D) by heart 憑記憶

* dazzle ﹝'dæzl̩﹞ *v.* 使迷惑；使目眩

10. (**A**) 在妳離開之前，波莉，有<u>幾件</u>事情我們必須討論。

依句意，選 (A) ***a couple of***「幾個；兩、三個」。

而 (B) some kind of「某種」、(C) no more「不再」、

(D) this one「這一個」，皆不合。

11. (**A**) 米蘭達很<u>自私</u>；她把所有的工作都留給她的同事就出國旅行了。

    (A) ***selfish***〔ˋsɛlfɪʃ〕*adj.* 自私的

    (B) selective〔səˋlɛktɪv〕*adj.* 精選的

    (C) superb〔suˋpɝb〕*adj.* 超群的

    (D) significant〔sɪgˋnɪfəkənt〕*adj.* 重要的

    * colleague〔ˋkɑlig〕*n.* 同事　　***travel abroad*** 出國旅行

12. (**D**) 在都市裡生活很棒，但是也有其<u>缺點</u>；例如：噪音和汙染。

    (A) kickback〔ˋkɪkˏbæk〕*n.* (強烈的) 反彈；反應

    (B) callback〔ˋkɔlˏbæk〕*n.* (製造商為改良產品缺陷的) 產品收回

    (C) throwback〔ˋθroˏbæk〕*n.* 擲回；扔回

    (D) ***drawback***〔ˋdrɔˏbæk〕*n.* 缺點

    * ***for instance*** 例如　　noise〔nɔɪz〕*n.* 噪音
    pollution〔pəˋluʃən〕*n.* 汙染

13. (**A**) 大部分的幼龜是肉食性動物，但是當牠們變<u>成熟</u>後，就會變成雜食性動物。

    (A) ***mature***〔məˋtur〕*v.* 成熟　　(B) endure〔ɪnˋdur〕*v.* 忍受

    (C) survive〔səˋvaɪv〕*v.* 存活　　(D) compete〔kəmˋpit〕*v.* 競爭

    * turtle〔ˋtɝtl̩〕*n.* 龜　　carnivorous〔karˋnɪvərəs〕*adj.* 肉食性的
    omnivorous〔amˋnɪvərəs〕*adj.* 雜食性的；什麼都吃的

14. (**B**) 遲到不像是瑪麗蓮的作風。希望沒什麼事才好。

    本題考的是「虛主詞＋不定詞」的用法，即「It's…to V.」，
    真正的主詞為不定詞，本題選 (B) ***It's***。

15. (**B**) 我昨天晚上玩得很愉快，瑞克。我們改天<u>再來一次</u>吧。

    以 let's 為首的祈使句，後面須接原形動詞，故 (C)、(D) 不合；
    又依句意為主動，選 (B) ***do it again***「再做一次」。

    * ***have a wonderful time*** 玩得愉快

第二部份：段落填空

第 16 至 20 題

接下來是牡羊座…。就某些方面，這個月你將會很有熱情，並做好迎接新機會的<u>準備</u>。你<u>命宮</u>中的木星將會幫你帶來一個重新的信念，以及一種強有力
　　　　16　　　17
且會影響他人的態度。天王星會在三月十一日之前進入你的命宮，並帶來<u>許多</u>
　　　　　　　　　　　　　　　　　　　　　　　　　　　　　　　　18
改變和刺激。然而，幾個<u>行星</u>會在本月穿移過雙魚座進入你的命宮。當它們在
　　　　　　　19
雙魚座時，你會變得寡言、內省，而且或許還有點沒安全感。隨著時間過去，
你將會重獲自信。月初的時候花點時間反省，靜態的<u>娛樂</u>。跟著你的直覺走。
　　　　　　　　　　　　　　　　　　　　20

* Aries〔'ɛriz〕*n.* 牡羊座　　horoscope〔'hɔrə،skop〕*n.* 星座
  way〔we〕*n.* 方面　　enthusiastic〔ɪn،θuzɪ'æstɪk〕*adj.* 熱情的；熱誠的
  opportunity〔،ɑpə'tjunətɪ〕*n.* 機會　　Jupiter〔'dʒupətɚ〕*n.* 木星
  renewed〔rɪ'njud〕*adj.* 更新的　　faith〔feθ〕*n.* 信念
  powerful〔'pɑʊəfəl〕*adj.* 強力的
  influential〔،ɪnflʊ'ɛnʃəl〕*adj.* 有引響力的
  presence〔'prɛzn̩s〕*n.*（能引響他人的）風采；態度
  Uranus〔'jʊrənəs〕*n.* 天王星　　*as of* 到…時候為止
  excitement〔ɪk'saɪtmənt〕*n.* 興奮　　Pisces〔'pɪsiz〕*n.* 雙魚座
  quiet〔'kwaɪət〕*adj.* 安靜的　*v.* 緩和；減少
  introspective〔،ɪntrə'spɛktɪv〕*adj.* 內省的
  insecure〔،ɪnsɪ'kjʊr〕*adj.* 感到不安的　　*go on* 前進；繼續；發展
  regain〔rɪ'gen〕*v.* 重獲　　confidence〔'kɑnfədəns〕*n.* 自信
  reflection〔rɪ'flɛkʃən〕*n.* 反省　　intuition〔،ɪntu'ɪʃən〕*n.* 直覺

16. (**B**)　(A) rapid〔'ræpɪd〕*adj.* 迅速的
　　　　　　(B) ***ready***〔'rɛdɪ〕*adj.* 準備好的　　***be ready for*** 做好～的準備
　　　　　　(C) demotic〔di'mɑtɪk〕*adj.* 通俗的
　　　　　　(D) rough〔rʌf〕*adj.* 粗糙的

17. (**C**)　(A) sing〔sɪŋ〕*n.* 合唱會　　　(B) song〔sɔŋ〕*n.* 歌曲

(C) **sign** 〔 saɪn 〕 *n.* (黃道十二宮的) 宮

(D) signet 〔'sɪgnɪt 〕 *n.* 圖章

18. (**D**) change 和 excitement 在此為不可數名詞，須用 **much** 修飾，故選
(D)。而 (A) very「非常」、(B) scant 〔 skænt 〕 *adj.* 稀少的；不足
的、(C) mere 〔 mɪr 〕 *adj.* 僅僅，皆不合句意。

19. (**D**) (A) plant 〔 plænt 〕 *n.* 植物　　　(B) plane 〔 plen 〕 *n.* 飛機
(C) place 〔 ples 〕 *n.* 地點　　　(D) **planet** 〔'plænɪt 〕 *n.* 行星

20. (**B**) (A) purse 〔 pɝs 〕 *n.* 錢包　　　(B) **pursuit** 〔 pəˈsjut 〕 *n.* 娛樂
(C) perusal 〔 pəˈruzl̩ 〕 *n.* 細讀　　(D) purchase 〔'pɝtʃəs 〕 *n.* 購買

第 21 至 25 題

　　養蜂業就是養蜂的工作——照料和操控蜜蜂，使其能夠生產及儲存比所需
　　　　　　　　　　21
的還要多的蜂蜜，如此一來就有多餘的部份可以被收集起來。養蜂是畜牧最古
老的形式之一。早期收集蜂蜜必須破壞蜂巢。然而，現代的養蜂者不用破壞蜂
　　　　　　　　　　　　　　　　22　　　　　　　　23
巢，從能從蜂巢中取出蜂窩。要收集蜂蜜，養蜂者需要有面紗遮住的頭盔和噴
煙器。養蜂者養殖蜜蜂是為了收集蜂蜜和蜂蠟來為農作物授粉，或是生產蜜蜂
　　　　　　　　　　　　　　　　　　　　　　　　　　　　24
賣給其他的養蜂者。養殖蜜蜂的地點被稱作養蜂場，或是「蜜蜂園」。
　　　　　　　　　25

*　apiculture 〔'epɪ,kʌltʃɚ 〕 *n.* 養蜂業
　practice 〔'præktɪs 〕 *n.* 業務；營業；工作
　beekeeping 〔'bi,kipɪŋ 〕 *n.* 養蜂 (業)
　manipulation 〔 mə,nɪpjəˈleʃən 〕 *n.* 操控；運用
　honeybee 〔'hʌnɪ,bi 〕 *n.* 蜜蜂　　enable 〔 ɪnˈebl̩ 〕 *v.* 使有能力
　store 〔 stor 〕 *v.* 儲存　　honey 〔'hʌnɪ 〕 *n.* 蜂蜜　　**so that** 這樣；如此一來
　excess 〔 ɪkˈsɛs 〕 *n.* 過多；過剩　　collect 〔 kəˈlɛkt 〕 *v.* 收集
　form 〔 fɔrm 〕 *n.* 形式　　husbandry 〔'hʌzbəndrɪ 〕 *n.* 耕種
　animal husbandry 畜牧業　　effort 〔'ɛfɚt 〕 *n.* 努力
　require 〔 rɪˈkwaɪr 〕 *v.* 需要；必需　　destroy 〔 dɪˈstrɔɪ 〕 *v.* 破壞

hive〔haɪv〕*n.* 蜂巢   modern〔'mɑdən〕*adj.* 現代的

beekeeper〔'bi,kipə〕*n.* 養蜂者   extract〔ɪk'strækt〕*v.* 取出

cell〔sɛl〕*n.* 單個蜂窩   honeycomb〔'hʌnɪ,kom〕*n.* 蜂巢

veiled〔'veld〕*adj.* 戴著面紗的；以面罩遮住的

helmet〔'hɛlmɪt〕*n.* 安全帽；頭盔   protection〔prə'tɛkʃən〕*n.* 保護

smoker〔'smokə〕*n.* 噴煙器   beeswax〔'biz,wæks〕*n.* 蜂蠟

pollinate〔'pɑlə,net〕*v.* 傳授花粉給…   crop〔krɑp〕*n.* 農作物

location〔lo'keʃən〕*n.* 地點   apiary〔'epɪ,ɛrɪ〕*n.* 養蜂場

21. (**A**) (A) *care*〔kɛr〕*n.* 照顧；照料   (B) space〔spes〕*n.* 空間
    (C) rout〔raʊt〕*n.* 潰敗   (D) dress〔drɛs〕*n.* 洋裝

22. (**A**) 依句意有轉折，故選 (A) *However*「然而」。而 (B) in addition
    「此外」、(C) furthermore〔'fɝðə,mor〕*adv.* 而且、(D) therefore
    「因此」，均不合句意。

23. (**B**) without 在此爲介系詞，後面的動詞需爲動名詞，故選 (B)
    damaging。   damage〔'dæmɪdʒ〕*v.* 損害；破壞

24. (**A**) (A) *produce*〔prə'djus〕*v.* 生產 (B) emit〔ɪ'mɪt〕*v.* 發出；吐露
    (C) employ〔ɪm'plɔɪ〕*v.* 雇用   (D) charge〔tʃɑrdʒ〕*v.* 收費

25. (**A**) (A) *keep*〔kip〕*v.* 飼養   (B) abandon〔ə'bændən〕*v.* 遺棄
    (C) lift〔lɪft〕*v.* 舉起   (D) frame〔frem〕*v.* 組成；建造

第三部份：閱讀理解

第 26 題

> 在人生中，人有等待好事接近的傾向。也因爲等待，而遺漏了一些事。通常，事情不會如你所願；好事會落附近的某處，而你必須認出它，站起來，付出時間和努力來得到它。這並不是因爲宇宙是殘酷的。而是因爲宇宙是聰明的。它有自己的方式，知道我們不會珍惜輕易就能得到的東西。

* **tend to** 易於；有…的傾向　　**miss out** 省略；遺漏
  lap〔læp〕*n.* 膝部　　**fall into** *one's* **lap** 萬事如意；一切順利
  nearby〔'nɪr,baɪ〕*adv.* 在附近　　**put in** 花（時間）
  universe〔'junə,vɜs〕*n.* 宇宙　　cruel〔'kruəl〕*adj.* 殘酷的
  appreciate〔ə'priʃɪ,et〕*v.* 珍惜

26. (**C**) 本文暗示什麼？
   (A) 人有因為恐懼而做事情的傾向。
   (B) 你想要的任何東西都能輕易取得。
   (C) <u>我們只會珍惜努力獲得的東西。</u>
   (D) 宇宙也是人類。

   * **out of** 由於；為了　　fear〔fɪr〕*n.* 恐懼　　**human being** 人類

第 27 至 28 題

確認帳單地址變更請求
您的帳戶末碼為 9543

親愛的客戶：

　　保護您的帳戶及與本行間的關係，是我們一直在努力的部份，我們會為可能的欺詐行為來監控您的帳戶。為此，我們來函確認您曾請求下列所記錄的帳戶變更動作。

　　我們的記錄指出，您最近以末碼為 9543 的萬事達金卡帳戶提出地址變更的請求。該請求的地址變更如下：

10685 B 黑茲爾赫斯特街
單位——11338
德州，休斯頓 77043

　　若您沒有提出此項請求，或是有任何關於此變更的問題，請立即撥打 800-772-9261 給我們，或是撥打您金卡背面的電話號碼。為了您的方便，我們 24 小時全天候提供協助。

---

* confirmation〔͵kɑnfə'meʃən〕*n.* 確認　　request〔rɪ'kwɛst〕*n.* 請求
account〔ə'kaʊnt〕*n.* 帳戶　　customer〔'kʌstəmə〕*n.* 顧客
part〔pɑrt〕*n.* 部份　　ongoing〔'ɑn͵goɪŋ〕*adj.* 進行中的
protect〔prə'tɛkt〕*v.* 保護　　relationship〔rɪ'leʃən͵ʃɪp〕*n.* 關係
monitor〔'mɑnətə〕*v.* 監控　　possible〔'pɑsəbḷ〕*adj.* 可能的
fraudulent〔'frɔdʒələnt〕*adj.* 詐欺的　　end〔ɛnd〕*n.* 目的
to that end 爲了那個（目的）　　confirm〔kən'fɜm〕*v.* 確認
note〔not〕*v.* 記錄　　record〔'rɛkəd〕*n.* 記錄
indicate〔'ɪndə͵ket〕*v.* 指示　　recently〔'risṇtlɪ〕*adv.* 最近
MasterCard〔'mæstə͵kɑrd〕*n.* 萬事達卡　　***Dr*** 街道（= *Drive*）
unit〔'junɪt〕*n.* 單位　　Houston〔'hjustən〕*n.* 修士頓
TX 德州（= *Texas*）　　regarding〔rɪ'gɑrdɪŋ〕*prep.* 關於
immediately〔ɪ'midɪɪtlɪ〕*adv.* 立即　　convenience〔kən'vinjəns〕*n.* 方便
available〔ə'veləbḷ〕*adj.* 有獲得的；可利用的　　assist〔ə'sɪst〕*v.* 幫助

27.（ **D** ）這封電子郵件是誰寄的？

(A) 郵局。　　　　　　　　(B) 電信公司。
(C) 收帳員。　　　　　　　(D) <u>信用卡公司。</u>

* collector〔'kəlɛktə〕*n.* 收款員

28.（ **A** ）如果你有提出變更帳單地址的請求，你該怎麼做？

(A) <u>什麼都不做。</u>　　　　(B) 取消帳戶。
(C) 撥打 800-772-9261。　　(D) 使用卡片背面的電話號碼。

* cancel〔'kænsḷ〕*v.* 取消

第 29 至 31 題

　　一項新研究顯示宗教活動和體重增加之間的關聯。此項由西伊利諾大學的研究員所進行的研究，發現常常參加宗教活動的年輕人比沒有參加宗教活動的年輕人更可能變肥胖。主要的研究結果是，參與宗教活動頻率高的年輕人在邁入中年前就變肥胖的可能性，比沒有參加的年輕人多了百分之五十。此項研究根據像是

年齡、種族、性別、教育程度、收入，以及基礎身體質量指數等變因做調整，追蹤了兩千四百三十三名二十歲到三十二歲的男性與女性，為期十八年。研究的受驗者一開始都是正常體重。然而研究結束時，一週至少參加一次宗教集會的那些人較肥胖。

* link〔lɪŋk〕*n.* 關聯　　religious〔rɪ'lɪdʒəs〕*adj.* 宗教的
conduct〔kən'dʌkt〕*v.* 進行；實驗　　researcher〔rɪ'sɝtʃə〕*n.* 研究員
Western Illinois University 西伊利諾大學
frequently〔'frikwəntlɪ〕*adv.* 頻繁地；經常　　attend〔ə'tɛnd〕*v.* 參加
obese〔o'bis〕*adj.* 肥胖的　　finding〔'faɪndɪŋ〕*n.* 研究結果
frequency〔'frikwənsɪ〕*n.* 頻率　　participation〔pɚˌtɪsə'peʃən〕*n.* 參加
adulthood〔ə'dʌlthʊd〕*n.* 成年時期　　***middle age*** 中年【常指40~60歲】
adjust〔ə'dʒʌst〕*v.* 調整　　variable〔'vɛrɪəbḷ〕*n.* 會變化的東西
race〔res〕*n.* 種族　　gender〔'dʒɛndɚ〕*n.* 性別
income〔'ɪnˌkʌm〕*n.* 收入　　baseline〔'besˌlaɪn〕*n.* 基礎
mass〔mæs〕*n.* 質量　　index〔'ɪndɛks〕*n.* 指數
body mass index 身體質量指數（= *BMI*）　　follow〔'falo〕*v.* 追蹤
subject〔'sʌbdʒɪkt〕*n.* 受驗者　　normal〔'nɔrmḷ〕*adj.* 正常的
function〔'fʌŋkʃən〕*n.* 社交集會　　***at least*** 至少

29. (**A**) 本文的最佳標題可能為何？

(A) 宗教與肥胖的關聯
(B) 西伊利諾大學
(C) 飲食與宗教
(D) 宗教的參與對抗身體質量指數

* title〔'taɪtḷ〕*n.* 標題　　religion〔rɪ'lɪdʒən〕*n.* 宗教
obesity〔o'bisətɪ〕*n.* 肥胖　　dieting〔'daɪətɪŋ〕*n.* 飲食
vs. …對抗~（= *versus*〔'vɝsəs〕）

30. (**B**) 經常參加宗教活動的年輕人

(A) 無法用來說明變因。
(B) 比那些沒有參加宗教活動的年輕人還更容易變肥胖。
(C) 能夠減低他們自己的身體質量指數。
(D) 無法從一塊巧克力布朗尼知道科學研究內容。

* accountable〔ə'kauntəbḷ〕*adj.* 加以說明的；加以解釋的
be held accountable for 對…負責　　reduce〔rɪ'djus〕*v.* 減低
scientific〔ˌsaɪən'tɪfɪk〕*adj.* 科學的　　brownie〔'braunɪ〕*n.* 布朗尼
chocolate brownie 巧克力布朗尼

31. (**A**) 研究持續了多久？

    (A) 十八年。   (B) 二十年。
    (C) 三十年。   (D) 三十二年。

    * last〔læst〕*v.* 持續

第 32 至 34 題

> 有時候你必須付出慘痛的代價才能學到經驗。說到電腦，如果有條「黃金法則」，那絕對是「備份電腦檔案」──而且要「重複備份」。那表示，幫備份檔案備份。我不知道聽過或讀過多少次，電腦專家警告電腦硬碟不可測。任何機械的運轉零件遲早都有可能故障。我有聽進去嗎？嗯，有，也沒有。我的手提電腦中有很多資料──100GB 的硬碟幾乎都滿了。所以我出去買了一個攜帶式的 USB 硬碟，我用這個硬碟來備份手提電腦中所有的資料。幾個月過去了，我想既然手提電腦中一些較大的檔案已經備份在攜帶式的 USB 硬碟裡，那我把那些檔案刪除應該不會有問題。然後有一天，我從行李中拿出東西，不小心把那個可攜式硬碟撞到地上。當我把硬碟插到手提電腦中時，它發出了糟糕的喀喀聲，而且我無法讀取裡面的資料。長話短說，硬碟受損了，回復那些檔案會花我一大筆錢。如果我有遵守那條「黃金法則」，這一切都可以避免。

  * **the hard way** 辛苦地；根據（痛苦的）經驗　　**when it comes to** 說到
  backup〔'bæk͵ʌp〕*n.* 備份　　data〔'detə〕*n.* 資料
  repeat〔rɪ'pit〕*v.* 重複　　expert〔'ɛkspɝt〕*n.* 專家
  warn〔wɔrn〕*v.* 警告　　unpredictability〔͵ʌnprɪ͵dɪktə'bɪlətɪ〕*n.* 不可測

hard drive 硬碟　　　*moving parts* （機械）運轉零件
liable〔'laɪəbḷ〕*adj.* 可能會　　breakdown〔'brek͵daʊn〕*n.* 故障
sooner or later 遲早　　laptop〔'læp͵tɑp〕*n.* 手提電腦
stuff〔stʌf〕*n.* 資料　　portable〔'portəbḷ〕*adj.* 可攜帶的
USB 萬用串列匯流排（= *Universal Serial Bus*）；快閃隨身碟
back up 備份　　*go by*（時間）過去　　delete〔dɪ'lit〕*v.* 刪除
file〔faɪl〕*n.* 檔案　　unpack〔ʌn'pæk〕*v.* 從行李中取出；解開行李
accidentally〔͵æksə'dɛntḷɪ〕*adv.* 意外地　　knock〔nɑk〕*v.* 使撞到
plug〔plʌg〕*v.* 插電　　awful〔'ɔfʊl〕*adj.* 糟糕的；嚴重的
clicking〔'klɪkɪŋ〕*adj.* 喀嗒聲的　　access〔'æksɛs〕*v.* 取用
to make a long story short 長話短說　　fortune〔'fɔrtʃən〕*n.* 大筆錢
a small fortune 一大筆錢　　recover〔rɪ'kʌvɚ〕*v.* 回復；復原
avoid〔ə'vɔɪd〕*v.* 避免

32. (**D**) 本文主要是關於什麼？
(A) 讓電腦跑得很順。　　(B) 如果電腦發出喀嗒聲該怎麼做。
(C) 聽電腦專家的話。　　(D) <u>備份電腦資料的重要性。</u>
　* smoothly〔'smuðlɪ〕*adv.* 平順地

33. (**D**) 作者學到什麼教訓？
(A) 電腦是無法預測的。
(B) 不要等到硬碟滿了才備份。
(C) USB 硬碟很貴。
(D) <u>重要的資料永遠都要有至少兩份備份。</u>
　* lesson〔'lɛsṇ〕*n.* 教訓
　　unpredictable〔͵ʌnprɪ'dɪktəbḷ〕*adj.* 無法預測的

34. (**B**) 片語 "small fortune" 是什麼意思？
(A) 惡運。　　　　　(B) <u>很多錢。</u>
(C) 太多資訊。　　　(D) 小人。
　* tiny〔'taɪnɪ〕*adj.* 小的

第 35 至 37 題

　　LOL、FYI 和 OMG 已經收錄在牛津英語字典裡。雖然「大聲笑」、「供你參考」和「我的天啊」這些縮寫與現代電子通訊方式有關，但是有些早在科技被發展出來以前就存在了。例如，「OMG」早在 1917 年就被使用。其他被加到字典裡的字還包括 IMHO，是「依我的淺見」的簡稱，還有「瑪芬蛋糕頂」這個片語，被定義爲瑪芬蛋糕的頂端部份，或是「掛在緊繃褲頭上的腹肉」。兩個極流行但是沒有收錄在最新版字典裡的縮寫是 ROFL 和 XOXO，爲「笑到在地上打滾」和「抱抱親親」的簡稱。字典現在也承認一般以符號來表示的愛心這個字爲動詞，意思是「去愛」。

　make it 達成；成功　　Oxford (ˈɑksfəd) *n.* 牛津
abbreviation (əˌbrivɪˈeʃən) *n.* 縮寫　　*short for* …的簡稱
associate (əˈsoʃɪˌet) *v.* 使有關　　electronic (ɪˌlɛkˈtrɑnɪk) *adj.* 電子的
communication (kəˌmjuəˈkeʃən) *n.* 通訊　　method (ˈmɛθəd) *n.* 方法
exist (ɪgˈzɪst) *v.* 存在　　technology (tɛkˈnɑlədʒɪ) *n.* 科技
develop (dɪˈvɛləp) *v.* 發展　　entry (ˈɛntrɪ) *n.* (字典所收的) 字
humble (ˈhʌmbḷ) *adj.* 謙虛的　　opinion (əˈpɪnjən) *n.* 意見
phrase (frez) *n.* 片語
muffin (ˈmʌfɪn) *n.* 烤成杯狀或圓麵包狀的小甜糕餅；瑪芬蛋糕
muffin top 腰間贅肉　　define (dɪˈfaɪn) *v.* 定義
bulge (bʌldʒ) *n.* 腹部；鼓起　　flesh (flɛʃ) *n.* 肉
waistband (ˈwestˌbænd) *n.* 腰帶　　tight (taɪt) *adj.* 緊的
trousers (ˈtraʊzəz) *n. pl.* 長褲　　latest (ˈletɪst) *adj.* 最新的
edition (ɪˈdɪʃən) *n.* 版本　　roll (rol) *v.* 翻滾
commonly (ˈkɑmənlɪ) *adv.* 一般　　represent (ˌrɛprɪˈzɛnt) *v.* 表示；象徵
symbol (ˈsɪmbḷ) *n.* 符號　　verb (vɝb) *n.* 動詞

35. (**A**) 什麼是縮寫？
    (A) 用來代表完整單字或片語的縮短形式。
    (B) 一種複雜的電子通訊方式。　　(C) 腰間上的腹肉。
    (D) 早在 1917 年前就存在的字。

* shortened〔ˈʃɔrtn̩d〕*adj.* 縮短的　　complete〔kəmˈplit〕*adj.* 完整的

complex〔kəmˈplɛks〕*adj.* 複雜的

36. (**C**) 你何時最有可能使用縮寫？

    (A) 在長途車程中。　　　　　　(B) 吃完瑪芬蛋糕之後。

    (C) 寫電子郵件給朋友時。　　　(D) 開始演講之前。

    * ride〔raɪd〕*n.* 搭乘　　speech〔spitʃ〕*n.* 演說

37. (**C**) 下列何者未被牛津英語字典認可？

    (A) IMHO。　　　　　　　　　(B) FYI。

    (C) XOXO。　　　　　　　　　(D) 定義為動詞的愛心。

第 38 至 40 題

> 　　在我第一次接觸到吉他的時候，我就知道我找到生命中的最愛。我爸媽買原聲吉他給我當生日禮物的時候，我還是個唸一年級的小孩。雖然我之前沒有過任何音樂訓練，但是當我拿起吉它的那一刻，我幾乎立刻就瞭解如何彈奏它。不久，我就會跟著電台播放的我最喜歡的歌一起撥著吉他弦。然後我姐姐給了我一本有圖解的和弦書，接著我就自學了一些基礎。
>
> 　　大約一年後，在我爸媽認定我對彈吉他是認真的之後，他們幫我報名了當地音樂行「真正的」課程。我去了幾次就告訴我爸媽我受夠了。事實是我已經比老師還要厲害了。幾年又過去了，我一直都自己練習。在我十二歲的時候，我已經相當棒了，我求爸媽讓我加入樂團。他們同意了，但是有一個條件：課業優先。
>
> 　　那是很久以前的事了。我現在已經長大成人——已婚，還有小孩。但是彈吉他為我的生活帶來了很多快樂及樂趣。我和吉他這項樂器真的有所連結。不管我覺得開心或難過，只要拿起吉他就能給我慰藉，並且透過音樂表達我的感受。

* touch 〔 tʌtʃ 〕 v. 接觸　　youngster 〔 ˈjʌŋstɚ 〕 n. 小孩

grade 〔 gred 〕 n. 年級

acoustic 〔 əˈkustɪk 〕 adj. 原聲的；不用電傳聲的

an acoustic guitar 原聲吉他　　previous 〔 ˈprivɪəs 〕 adj. 之前的

musical 〔 ˈmjuzɪkl̩ 〕 adj. 音樂的　　training 〔 ˈtrenɪŋ 〕 n. 訓練

pick up 拾起；拿起　　instrument 〔 ˈɪnstrəmənt 〕 n. 樂器

instantly 〔 ˈɪnstəntlɪ 〕 adv. 立刻　　*not long before* 不久

plunk 〔 plʌŋk 〕 v. 撥（弦樂器）　　*along with* 和⋯⋯一起

illustrated 〔 ˈɪləstretɪd 〕 adj. 有插圖的　　chord 〔 kɔrd 〕 n. 弦

teach oneself 自學　　basics 〔 ˈbesɪks 〕 n. pl. 基礎　　*or so* 大約

be serious about 對~認真的　　*sign up* 報名

local 〔 ˈlokl̩ 〕 adj. 當地的　　*have had enough* 受夠了

on one's own 獨自　　beg 〔 bɛg 〕 v. 懇求　　band 〔 bænd 〕 n. 樂團

agree 〔 əˈgri 〕 v. 同意　　condition 〔 kənˈdɪʃən 〕 n. 條件

schoolwork 〔 ˈskul,wɜk 〕 n. 課業　　*all grown up* 長大成人

joy 〔 dʒɔɪ 〕 n. 快樂　　pleasure 〔 ˈplɛʒɚ 〕 n. 樂趣

connection 〔 kənˈnɛkʃən 〕 n. 連結　　*whether⋯or~* 是⋯抑或~

comfort 〔 ˈkʌmfɚt 〕 n. 慰藉　　express 〔 ɪkˈsprɛs 〕 v. 表達

38. (**A**) 作者何時開始彈吉他？

(A) 一年級。　　　　　　　　(B) 十二歲時。

(C) 當他姊姊給他和弦書時。　(D) 在他中學畢業之後。

* *middle school* 中學

39. (**C**) 作者為什麼停止上課？

(A) 他厭倦了那項樂器。　　　(B) 他沒有任何進步。

(C) 他已經比老師還厲害了。　(D) 他不被獲准加入樂團。

* *be bored with* 對~感到厭倦　　progress 〔 ˈprɑgrɛs 〕 n. 進步
  make progress 進步

40. (**D**) 作者寫這篇文章時的年紀最有可能為何？

(A) 7 歲。　　　　　　　　　(B) 12 歲。

(C) 21 歲。　　　　　　　　　(D) 35 歲。

中級英語檢定模擬試題⑤詳解

第一部份：看圖辨義

第一題至第三題，請看圖片 **A**。

1. (**C**) 洛奇戴著什麼？

    A. 他穿襯衫。   B. 他戴太陽眼鏡。

    <u>C. 他戴帽子。</u>   D. 他圍圍巾。

    * wear〔wɛr〕*v.* 穿；戴   shirt〔ʃɜt〕*n.* 襯衫   ***a pair of*** 一副
    sunglasses〔'sʌn,glæsɪs〕*n. pl.* 太陽眼鏡   scarf〔skɑrf〕*n.* 圍巾

2. (**A**) 請再看圖片 A。P.J. 拿著什麼？

    <u>A. 他拿著瓶子。</u>   B. 他拿著公事包。

    C. 他拿著槍。   D. 他拿著書。

    * hold〔hold〕*v.* 拿著；握住；提著   bottle〔'bɑtl̩〕*n.* 瓶
    briefcase〔'brif,kes〕*n.* 公事包   gun〔gʌn〕*n.* 手槍

3. (**D**) 請再看圖片 A。下列敘述何者正確？

    A. 三個男人的身材一樣。

    B. 只有洛奇和 P.J. 臉上有鬍子。

    C. 杜克在微笑。

    <u>D. P.J. 是三個男人當中最矮的。</u>

    * statement〔'stetmənt〕*n.* 敘述   size〔saɪz〕*n.* 大小；尺寸；身材
    facial〔'feʃəl〕*adj.* 臉部的   hair〔hɛr〕*n.* 毛髮   ***facial hair*** 鬍子

第四題和第五題，請看圖片 **B**。

4. (**D**) 菜單中遺漏了什麼資訊？

    A. 價錢。   B. 營業時間。

    C. 有供應的食物種類。   <u>D. 餐廳店名。</u>

    * information〔,ɪnfɚ'meʃən〕*n.* 資訊   miss〔mɪs〕*v.* 遺漏
    menu〔'mɛnju〕*n.* 菜單   price〔praɪs〕*n.* 價格

hours〔aʊrz〕*n. pl.* 時間　　service〔'sɜvɪs〕*n.* 服務
serve〔sɜv〕*v.* 供應　　restaurant〔'rɛstərənt〕*n.* 餐廳
special〔'spɛʃəl〕*n.* 特餐　　crispy〔'krɪspɪ〕*adj.* 酥脆的
soft〔sɔft〕*adj.* 軟的　　***pulled pork*** 手撕豬肉
veggie mix 什錦蔬菜　　serve〔sɜv〕*v.* 端（菜）；供應
exclude〔ɪk'sklud〕*v.* 排除　　chip〔tʃɪp〕*n.* 馬鈴薯片
sour cream 酸奶油　　additional〔ə'dɪʃənḷ〕*adj.* 額外的；附加的
side〔saɪd〕*n.* 配菜　　delivery〔dɪ'lɪvərɪ〕*n.* 遞送；運送

5.（**D**）請再看圖片 B。
　　菜單中的哪樣餐點沒有包含飯和豆子？

　　A. 墨西哥辣肉餡玉米捲。
　　B. 墨西哥肉餡玉米粉圓餅。
　　C. 炸玉米餅。
　　D. <u>雞肉三明治。</u>

LUNCH SPECIALS
MONDAY—FRIDAY 11:30 AM-3:00 PM

TWO CRISPY OR SOFT TACOS (CHICKEN, BEEF, PULLED PORK, VEGGIE MIX OR BEANS) $7.75
QUESADILLA (CHICKEN, BEEF, CHEESE, PULLED PORK, VEGGIE MIX OR BEANS) $7.75
BEANA'S TACO SALAD (CHICKEN, BEEF, PULLED PORK, VEGGIE MIX OR BEANS) $7.75
ENCHILADAS (CHICKEN, BEEF, PULLED PORK, VEGGIE MIX OR BEANS) $8.95
BURRITO (CHICKEN, BEEF, PULLED PORK, VEGGIE MIX OR BEANS) $8.95
JUMBO BURGER/CHICKEN SANDWICH WITH FRIES OR ONION RINGS $8.95
* ALL LUNCH SPECIALS SERVED WITH RICE/BEANS (EXCLUDING SANDWICHES), CHIPS, SALAD, AND SOUR CREAM
* PLEASE SEE MAIN MENU FOR ADDITIONAL SIDES

FREE DELIVERY!!!

　　* item〔'aɪtəm〕*n.* 項目　　rice〔raɪs〕*n.* 米飯
　　bean〔bin〕*n.* 豆子　　enchilada〔ˌɛntʃə'ladə〕*n.* 墨西哥辣肉餡玉米捲
　　burrito〔bɜ'rɪto〕*n.* 墨西哥肉餡玉米粉圓餅　　taco〔'tako〕*n.* 炸玉米餅
　　chicken〔'tʃɪkɪn〕*n.* 雞肉　　sandwich〔'sændwɪtʃ〕*n.* 三明治

第六題和第七題，請看圖片 **C**。

6.（**B**）卡爾正在做什麼？

　　A. 學習如何閱讀。
　　B. <u>學習如何開車。</u>
　　C. 教諾里斯先生如何跳舞。
　　D. 教諾里斯先生如何唱歌。

7.（**C**）請再看圖片 C。圖片中暗示了關於卡爾的什麼事？

　　A. 他很有自信。　　　　　　B. 他很生氣。
　　C. <u>他很緊張。</u>　　　　　　D. 他很悲傷。

　　* imply〔ɪm'plaɪ〕*v.* 暗示　　confident〔'kɑnfədənt〕*adj.* 有自信的
　　nervous〔'nɜvəs〕*adj.* 緊張的

第八題和第九題，請看圖片 **D**。

8.（**A**）哪一項敘述最符合圖片中的情景？

    A. 一群同事正在開會。
    B. 一群學生正在聽演講。
    C. 一群陌生人正站在公車站。
    D. 一群觀光客正在小餐館吃午餐。

    * group〔grup〕*n.* 群　　co-worker〔'ko,wɜkɚ〕*n.* 同事
    meeting〔'mitɪŋ〕*n.* 會議　　lecture〔'lɛktʃɚ〕*n.* 演講
    stranger〔'strendʒɚ〕*n.* 陌生人　　stop〔stɑp〕*n.* 候車站
    tourist〔'turɪst〕*n.* 觀光客　　diner〔'daɪnɚ〕*n.*（尤指較便宜的）小餐館

9.（**B**）請再看圖片 D。羅斯瑪莉最有可能對尼爾說什麼？

    A. 我要一份花園沙拉配上農場沙拉醬。
    B. 那真是個好主意。讓我和主管討論看看。
    C. 當你做完功課時，就可以看電視。
    D. 這對我來說似乎有點大。你們有更小的尺寸嗎？

    * *garden salad* 花園沙拉　　ranch〔ræntʃ〕*n.* 牧場；農場
    ranch dressing 農場沙拉醬【以白脫奶油、鹽、大蒜、洋蔥、草藥及香料所調
    製而成的沙拉醬】　　*on the side* 作為配菜　　discuss〔dɪ'skʌs〕*v.* 討論
    supervisor〔,supɚ'vaɪzɚ〕*n.* 主管　　finish〔'fɪnɪʃ〕*v.* 做完；完成

第十題和第十一題，請看圖片 **E**。

10.（**B**）這位男人正在做什麼？

    A. 他正坐在門廊上。
    B. 他正站在橋上。
    C. 他正在河裡游泳。
    D. 他正在爬山。

    * porch〔portʃ〕*n.* 門廊；玄關　　bridge〔brɪdʒ〕*n.* 橋
    river〔'rɪvɚ〕*n.* 河流　　climb〔klaɪm〕*v.* 爬

11.（**C**）請再看圖片 E。背景中可以看到什麼？

    A. 高樓。　　　　　　　　B. 野生動物。
    C. 小房子。　　　　　　　D. 五顏六色的船。

* building (ˈbɪldɪŋ) *n.* 樓房　　wild (waɪld) *adj.* 野生的
colorful (ˈkʌləfəl) *adj.* 顏色鮮豔的；五顏六色的

第十二題和第十三題，請看圖片 F。

12. (**A**) 誰會對這個公告最有興趣？

> **Youth Media Lab**
> Designed for kids entering grades 4+.
> Tuesdays, June 18th - August 6th
> Young Adult Room　　3-4:30 pm
> Make movie & explore technology with Middlebury Community Television.
>
> **Filmmaking Camps**
> Four-day camps for kids entering grades 4+.
> Advance registration required!
> Register online starting June 1st.
> June 25-28, July 23-26,
> August 13-16, 9-noon

　　A. 有抱負的電影系學生。
　　B. 資深演員。
　　C. 業餘攝影師。
　　D. 退休的編劇。

* notice (ˈnotɪs) *n.* 公告　　aspiring (əˈspaɪrɪŋ) *adj.* 有抱負的
film (fɪlm) *n.* 電影　　experienced (ɪkˈspɪrɪənst) *adj.* 有經驗的
actor (ˈæktə) *n.* 男演員　　amateur (ˈæmə,tʃʊr) *adj.* 業餘的
photographer (fəˈtɑgrəfə) *n.* 攝影師　　retired (rɪˈtaɪrd) *adj.* 退休的
screenwriter (ˈskrin,raɪtə) *n.* 編劇　　youth (juθ) *n.* 年輕；青年
media (ˈmidɪə) *n. pl.* 媒體　　lab (læb) *n.* 實驗室 (= *laboratory*)
camp (kæmp) *n.* 露營　　advance (ədˈvæns) *adj.* 預先的
registration (,rɛdʒɪˈstreʃən) *n.* 登記
required (rɪˈkwaɪrd) *v.* 需要　　register (ˈrɛdʒɪstə) *v.* 登記

13. (**C**) 請再看圖片 F。這個公告提供了什麼資訊？

　　A. 比賽的時間表。　　　　　　　B. 比賽的贊助商。
　　C. 參加者的年齡限制。　　　　　D. 優勝者可獲得的獎金。

* schedule (ˈskɛdʒul) *n.* 時間表
competition (,kɑmpəˈtɪʃən) *n.* 競爭；比賽
sponsor (ˈspɑnsə) *n.* 贊助者　　contest (ˈkɑntɛst) *n.* 比賽
age limit 年齡限制　　participant (pɑˈtɪsəpənt) *n.* 參加者
prize money 獎金　　winner (ˈwɪnə) *n.* 優勝者

第十四題和十五題，請看圖片 G。

14. (**B**) 從這個圖表中我們可以得知什麼資訊？

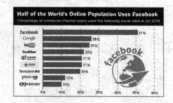

> **Half of the World's Online Population Uses Facebook**
> Percentage of worldwide Internet users that used the following social sites in Q1 2016

　　A. 線上廣告比例。
　　B. 社群媒體偏好。
　　C. 科技的新趨勢。
　　D. 網路使用的問題。

* learn〔lɜn〕v. 得知　　chart〔tʃɑrt〕n. 圖表
online〔ɑn'laɪn〕adj. 線上的；網路上的
advertising〔'ædvɚ,taɪzɪŋ〕n. 廣告　　rate〔ret〕n. 比例
social〔'soʃəl〕adj. 社群的
media〔'midɪə〕n. pl. 媒體【單數為 medium】
preference〔'prɛfrəns〕n. 偏好　　trend〔trɛnd〕n. 趨勢
technology〔tɛk'nɑlədʒɪ〕n. 科技　　*be associated with*　和…有關
Internet〔'ɪntɚ,nɛt〕n. 際際網路

15. (**B**) 請再看圖片 G。下列敘述何者正確？

　　A. 所有的網路使用者都有在使用某種形式的社群媒體。

　　B. 臉書是全球最受歡迎的網站。

　　C. 推特是第二受歡迎的網站。

　　D. Google plus 受歡迎的程度是 YouTube 的兩倍。

　　* *be involved in* 涉及；加入；參加　　form〔fɔrm〕n. 形式
popular〔'pɑpjulɚ〕adj. 受歡迎的　　site〔saɪt〕n. 網站
twice〔twaɪs〕adv. 兩倍地

第二部份：問答

16. (**A**) 你有用信用卡進行大筆的消費過嗎？

　　A. 當然，有時候因為是大筆的消費。

　　B. 從來沒有，除非我很想睡。　　　C. 沒有，你沒有打擾到我。

　　D. 好的，如果你想要就那樣吧。

　　* ever〔'ɛvɚ〕adv. 曾經　　*credit card* 信用卡
purchase〔'pɜtʃəs〕n. 購買　　*make a purchase* 購買（東西）
sleepy〔'slipɪ〕adj. 想睡的　　disturb〔dɪ'stɜb〕v. 打擾
way〔we〕n. 樣子

17. (**A**) 你看過新的蜘蛛人電影了嗎？

　　A. 沒有，但我打算這週末要看。

　　B. 那件事我會牢記在心。謝謝你來。

　　C. 會員可以免費游泳。我想我會加入俱樂部。

　　D. 是的，但先讓我用洗手間。

　　* *plan on* 打算　　weekend〔'wik'ɛnd〕n. 週末

keep~in mind 把~牢記在心　member〔'mɛmbɚ〕*n.* 成員；會員
for free 免費　join〔dʒɔɪn〕*v.* 參加
club〔klʌb〕*n.* 俱樂部　bathroom〔'bæθ,rum〕*n.* 洗手間

18. (**A**) 是的，我想要一份三號餐，特大尺寸的，可樂要換成巧克力奶昔。

A. 內用還是帶走？　　　　　B. 黑色還是藍色？
C. 你的尺寸是多少？　　　　D. 主場還是客場？

* super-sized〔'supɚsaɪzd〕*adj.* 超大尺寸的　shake〔ʃek〕*n.* 奶昔
instead of 取代　***for here*** 內用　***to go*** 外帶
home〔hom〕*adj.*（運動比賽等）主場的
away〔ə'we〕*adj.*（運動比賽等）在遠征地的

19. (**A**) 我的朋友蘭斯週末時會在動物收容所當志工。

A. 他聽起來是個好人。　　　B. 那從來不會帶來任何好處。
C. 只要你有時間。　　　　　D. 我們一天會遛狗兩次。

* volunteer〔,vɑlən'tɪr〕*v.* 自願服務　shelter〔'ʃɛltɚ〕*n.* 避難所
come of 由…引起　***only if*** 只要　walk〔wɔk〕*v.* 遛（狗）

20. (**D**) 為什麼這裡所有的窗戶都是開著的？

A. 打開窗戶。　　　　　　　B. 有人闖入。
C. 沒電了。　　　　　　　　D. 我需要一些新鮮的空氣。

* ***break in*** 闖入　power〔'pauɚ〕*n.* 電力
out〔aut〕*adj.* 缺乏的；熄滅的
fresh〔frɛʃ〕*adj.* 新鮮的　air〔ɛr〕*n.* 空氣

21. (**B**) 你在博物館待多久時間？

A. 兩次。　　　　　　　　　B. 大概兩個小時。
C. 因為一些原因。　　　　　D. 兩千元。

* spend〔spɛnd〕*v.* 度過　museum〔mju'ziəm〕*n.* 博物館
several〔'sɛvərəl〕*adj.* 幾個的　reason〔'rizn̩〕*n.* 理由

22. (**C**) 誰是班上最好的運動員？

A. 籃球。　　　　　　　　　B. 跑步。
C. 傑克。　　　　　　　　　D. 運動員。

* athlete〔'æθlit〕*n.* 運動員

23. (**C**) 下雪的時候，我們隔壁的鄰居會用鏟子鏟大樓前面的通道。
 　　　A. 我不會再這麼做了。　　　B. 你還好嗎？
 　　　C. <u>他真是體貼。</u>　　　　D. 這麼做真的很沒禮貌。

 　　　* snow〔sno〕v. 下雪　　next-door〔͵nɛkstˋdor〕adj. 隔壁的
 　　　neighbor〔ˋnebɚ〕n. 鄰居　　shovel〔ˋʃʌvl〕v. 用鏟子鏟起
 　　　path〔pæθ〕n. 通道　　*in front of* 在…前面
 　　　building〔ˋbɪldɪŋ〕n. 大樓　　thoughtful〔ˋθɔtfəl〕adj. 體貼的
 　　　rude〔rud〕adj. 無禮的

24. (**C**) 傑瑞米有辦法拿到音樂會的票嗎？
 　　　A. 我從來沒有聽說過他們。
 　　　B. 記得帶耳塞。　　　C. <u>我不確定。他沒有提過。</u>
 　　　D. 他們不會來了。我昨晚看到傑瑞米。

 　　　* *be able to* 能夠　　ticket〔ˋtɪkɪt〕n. 票
 　　　concert〔ˋkɑnsɝt〕n. 音樂會　　*hear of* 聽說過
 　　　earplug〔ˋɪr͵plʌg〕n. 耳塞　　mention〔ˋmɛnʃən〕v. 提到

25. (**A**) 明年健保費又要上漲了。
 　　　A. <u>這不公平。我們已經付太多了。</u>
 　　　B. 我會。但是你先去。　　C. 冷靜下來。你會吵醒孩子的。
 　　　D. 好吧。我原諒你。

 　　　* health〔hɛlθ〕n. 健康　　insurance〔ɪnˋʃurəns〕n. 保險
 　　　rate〔ret〕n. 費用　　*go up* 上升　　fair〔fɛr〕adj. 公平的
 　　　pay〔pe〕v. 支付　　*calm down* 冷靜下來
 　　　wake〔wek〕v. 使（人）醒過來　　kid〔kɪd〕n. 小孩

26. (**B**) 你每個禮拜大約會收到多少封電子郵件？
 　　　A. 一個禮拜一次或兩次。　　B. <u>大約兩百封左右。</u>
 　　　C. 在網路上。　　D. 每個禮拜五和禮拜六。

 　　　* e-mail〔ˋi͵mel〕n. 電子郵件　　roughly〔ˋrʌflɪ〕adv. 大約
 　　　somewhere around 大約　　Internet〔ˋɪntɚ͵nɛt〕n. 網際網路

27. (**A**) 菜單上的每樣東西看起來都好棒。你有什麼推薦的嗎？
 　　　A. <u>我最喜愛的是自製義大利滷汁麵條。</u>

B. 五塊九毛九，不含稅。　　C. 把它放入烤箱烤十分鐘。

D. 運動前一定要先做伸展動作。

* menu〔'mɛnju〕 n. 菜單　　recommend〔,rɛkə'mɛnd〕 v. 推薦

favorite〔'fevrɪt〕 n. 最喜愛的人或物

homemade〔'hom'med〕 adj. 自製的

lasagna〔lə'zænjə〕 n. 義大利滷汁麵條

five ninety-nine 五塊九毛九　　tax〔tæks〕 n. 稅

include〔ɪn'klud〕 v. 包含；包括　　oven〔'ʌvən〕 n. 烤箱

stretch〔strɛtʃ〕 v. 伸展　　exercise〔'ɛksə,saɪz〕 n.（身體的）運動

28.（ **A** ）尼可拉斯之前在這裡做什麼？

A. 他只是順道到來打個招呼而已。

B. 他們在去動物園的途中。　　C. 它太長了。

D. 尼可拉斯很快就會到這裡了。

* **stop by** 順道拜訪　　**on one's way to** 在某人去…的途中

soon〔sun〕 adv. 不久；很快

29.（ **B** ）你這個夏天會休假嗎？

A. 一般說來。　　　　　　　　B. 可能不會。

C. 一次又一次。　　　　　　　D. 要小心。

* **take ~ off** 休息；休假　　**generally speaking** 一般說來

probably〔'prɑbəblɪ〕 adv. 可能　　**again and again** 一再地

careful〔'kɛrfəl〕 adj. 小心的

30.（ **D** ）下個月的銷售會議會在哪裡舉行？

A. 在星期五。　　　　　　　　B. 在一月。

C. 在會議上。　　　　　　　　D. 在洛杉磯。

* sales〔selz〕 adj. 銷售的　　conference〔'kɑnfərəns〕 n. 會議

hold〔hold〕 v. 舉行

Los Angeles〔lɔs 'ændʒələs〕 n. 洛杉磯【美國加州西南部一港市】

第三部份：簡短對話

31.（ **D** ）女：先生，你好。有什麼需要幫忙的嗎？

男：我想要買給我孫子的生日禮物。

女：你的孫子幾歲？

男：他這禮拜五就滿十歲了。

女：他有什麼特別的興趣嗎？

男：他喜歡棒球還有任何有輪子的東西。

女：那我建議你可以看看這些模型汽車。它們真的很棒，而且大部
　　分的男孩都很喜歡。

男：它們會很難組裝嗎？

問：這位男士可能是在跟誰說話？

A. 律師。　　　　　　　　　　B. 服務生。

C. 新聞記者。　　　　　　　　D. 售貨員。

* **be looking to** 希望；期待　　grandson (ˈgrænˌsʌn) n. 孫子

interest (ˈɪntrɪst) n. 興趣　　wheel (hwil) n. 輪子

suggest (səgˈdʒɛst) v. 建議　　**have a look at** 看一看

model (ˈmɑdl̩) adj. 模型的　　neat (nit) adj. 很棒的；很好的

assemble (əˈsɛmbl̩) v. 裝配　　lawyer (ˈlɔjə) n. 律師

waiter (ˈwetə) n. 服務生　　reporter (rɪˈportə) n. 記者

clerk (klɜk) n. 店員　　**sales clerk** 售貨員

32. (**C**) 【電話鈴聲響起】

女：喂？

男：午安，請問是沃克小姐嗎？

女：是的。

男：沃克小姐，我是綠色團隊的蓋伊・福布斯，提供您景觀美化的
　　服務。

女：噢，是的，蓋伊。你好嗎？

男：我很好。聽我說，這禮拜四下午我們要在你們的草坪上噴灑化
　　學藥品抑制蒲公英的生長。妳必須要讓妳的小孩和寵物遠離草
　　地至少二十四小時。

女：我了解了。你說至少二十四小時是什麼意思？

男：嗯，這只是預防措施。要讓他們遠離草地多久是由妳來決定
　　的，但我們建議是二十四小時。

問：綠色團隊禮拜四將要做什麼？

A. 和藍隊比賽足球。　　　　B. 修剪沃克家的草地。

C. 噴灑化學藥品在沃克家的草坪上。

D. 在沃克家的土地上種樹。

* landscaping〔'lændskepɪŋ〕*n.* 景觀美化　　spray〔spre〕*v.* 噴灑

lawn〔lɔn〕*n.* 草坪　　dandelion〔'dændḷ,aɪən〕*n.* 西洋蒲公英

keep…off 不讓…進入、接近　　grass〔græs〕*n.* 草地　　***at least*** 至少

precaution〔prɪ'kɔʃən〕*n.* 預防措施　　***be up to*** 由…決定

against〔ə'gɛnst〕*prep.* 對抗　　apply〔ə'plaɪ〕*v.* 應用；施用

chemical〔'kɛmɪkḷ〕*n.* 化學藥品　　plant〔plænt〕*v.* 種

property〔'prɑpətɪ〕*n.* 地產

33.(**C**) 女：很抱歉，我沒聽清楚你的名字。

男：喬。喬・史托普斯。我是銷售部的新進職員。

女：是的，史托普斯先生。你不能在這裡抽菸。

男：什麼？文斯・里索說這裡是指定的吸煙區。

女：恐怕文斯搞錯了。公司裡是全面禁菸的。

男：這真奇怪。文斯是行銷部的副部長。我以為他知道公司的規定。

女：是，嗯，事實上史托普斯先生，這是，唔，新的規定。不是，嗯，每個人都收到通知了。那可以請你把香菸熄掉嗎？

問：男人接下來最有可能會做什麼？

A. 點另一支香菸。　　　　　　B. 給女人一支香菸。

C. 熄掉香菸。　　　　　　　　D. 自我介紹。

* catch〔kætʃ〕*v.* 聽見　　sales〔selz〕*n.* 銷售部門

smoke〔smok〕*v.* 抽菸　　designated〔'dɛzɪg,netɪd〕*adj.* 指定的

smoking area 吸煙區　　***I'm afraid*** 害怕…

mistaken〔mə'stekən〕*adj.* 錯誤的；弄錯的

prohibit〔pro'hɪbɪt〕*v.* 禁止　　weird〔wɪrd〕*adj.* 奇怪的（= *strange*）

vice〔vaɪs〕【字首】副…；次…

president〔'prɛzədənt〕*n.* (機構、學院等的) 負責人

marketing〔'mɑrkɪtɪŋ〕*n.* 行銷　　company〔'kʌmpənɪ〕*n.* 公司

policy〔'pɑləsɪ〕*n.* 政策　　um〔əm〕*interj.* 啊；嗯　　uh〔ʌ〕*interj.* 唔

rule〔rul〕*n.* 規定　　yet〔jɛt〕*adv.* 已經

message〔'mɛsɪdʒ〕*n.* 訊息；通知　　***put out*** 熄滅

cigarette〔,sɪgə'rɛt〕*n.* 香菸　　light〔laɪt〕*v.* 點燃

offer〔'ɔfɚ〕*v.* 提供　　introduce〔,ɪntrə'djus〕*v.* 介紹

34. (**B**)　男：當傑克和黛安說他們會晚一點到時，我不知道會是兩個小時。

　　　女：嗯，你知道的，這也許不是他們的錯。下雨再加上週末交通擁擠，他們可能被困在哪裡。

　　　男：以我對傑克的了解，他們可能中途停在酒吧小酌幾杯了吧。他們應該打個電話來的，你知道吧？

　　　女：他們打過了！

　　　男：兩個小時前。他們當時應該取消的。

　　　女：嗯，不要因為他們沒來而破壞了今天晚上。下次，我們邀其他的情侶一起吃飯吧。現在甜點該點哪個好呢？

　　　問：為什麼男士會不高興？

　　　A. 他們的朋友迷路了。　　　B. 他們的朋友沒有出現。

　　　C. 餐點很糟糕。　　　　　　D. 酒吧關門了。

　　　* *have no idea* 不知道　　fault〔fɔlt〕*n.* 過錯　　*hold up* 阻礙
　　　knowing sb.（以自己的經驗）對…的了解　　*stop off* 中途停留
　　　pub〔pʌb〕*n.* 酒吧　　*might as well* 不妨；最好
　　　cancel〔'kænsl̩〕*v.* 取消　　absence〔'æbsn̩s〕*n.* 不在；缺席
　　　spoil〔spɔɪl〕*v.* 破壞　　couple〔'kʌpl̩〕*n.* 一對男女
　　　dessert〔dɪ'zɝt〕*n.* 甜點　　upset〔ʌp'sɛt〕*adj.* 不高興的
　　　get lost 迷路　　*show up* 出現　　meal〔mil〕*n.* 一餐
　　　terrible〔'tɛrəbl̩〕*adj.* 糟糕的

35. (**D**)　男：我跟我老婆想要再次謝謝妳，把我們的房子裝修得這麼好。

　　　女：不客氣。你們開心的話，我也很開心。

　　　男：主臥室讓我們印象特別深刻。天窗真是點綴得恰到好處。當然，我老婆很喜歡廚房。

　　　女：她清楚地告訴了我們她想要的樣子，她的功勞很大。後來，我們只需要把它建造出來就可以了。

　　　男：嗯，你真的做得很好。

　　　女：謝謝。這對我來說意義重大。

　　　問：男人對什麼印象深刻？

　　　A. 客廳。　　　　　　　　　B. 廚房。

　　　C. 車庫。　　　　　　　　　D. 臥室。

　　　* particularly〔pə'tɪkjələlɪ〕*adv.* 特別地

> ***be impressed with*** 對…印象深刻　　***master bedroom*** 主臥室
> skylight ('skaɪlaɪt) *n.* (屋頂等的) 天窗　　touch (tʌtʃ) *n.* 風格；特色
> ***nice touch*** 別出心裁的點綴、修飾　　deserve (dɪ'zɜv) *v.* 應得
> credit ('krɛdɪt) *n.* 稱讚；功勞　　***clear picture*** 清楚的描述
> ***from there*** 之後 (= *after that*)　　build (bɪld) *v.* 建造
> fantastic (fæn'tæstɪk) *adj.* 極好的
> ***mean a lot*** 意義重大；很重要　　garage (gə'rɑʒ) *n.* 車庫

36. (**B**) 女：我的期望很低。

男：去年的活動好多了。去年是有樂團演奏而不是 DJ，而且食物是
　　由鼎泰豐所提供的。這次的這家讓人…很失望。

女：你要知道這場活動是公司的財務狀況的結果。在公司處於長期
　　虧損的情況下，如果舉辦很奢華的活動實在是不太合理。

男：但是是聖誕節耶！每個人都很期待這次的派對。

女：你等著看你的年終獎金吧。那時你會真的感到很失望。

問：這位女士暗示了什麼？

A. 明年的派對會更好。　　　B. 他們的獎金會很少。

C. 公司很快就會倒閉了。　　D. 樂團比 DJ 來得好。

* expectations (,ɛkspɛk'teʃənz) *n. pl.* 期待　　pretty ('prɪtɪ) *adv.* 非常
　event (ɪ'vɛnt) *n.* 大型活動　　band (bænd) *n.* 樂隊
　instead of 而不是　　DJ (,di'dʒe) *n.* 唱片節目主持人 (= *disc jockey*)
　cater ('ketə) *v.* 為…供應酒菜；外燴　　letdown ('lɛt,daʊn) *n.* 失望的事
　come with 是…的結果　　financial (fə'nænʃəl) *adj.* 財務的
　situation (,sɪtʃʊ'eʃən) *n.* 情況　　justify ('dʒʌstə,faɪ) *v.* 使成為正當
　luxurious (lʌg'ʒʊrɪəs) *adj.* 奢侈的；豪華的
　affair (ə'fɛr) *n.* 事情；事件　　bleed (blid) *v.* 長期榨取 (某人的錢)
　bleed money 長期資金損失　　***look forward to*** 期待
　wait until 等到…吧　　bonus ('bonəs) *n.* 獎金
　year-end bonus 年終獎金　　disappointed (,dɪsə'pɔɪntɪd) *adj.* 失望的
　out of business 停業；歇業；倒閉

37. (**D**) 女：弗瑞德，你以前和巴尼很親近。你們就像兄弟一樣。發生什麼
　　事了？

男：薇若妮卡，我不懂妳的意思。巴尼和我仍然是好朋友。

女：不像你們之前一樣。

男：嗯，事情的優先順序改變了。我們現在都有各自的責任。巴尼和貝蒂正努力想要買房子。我和威爾瑪結婚了。

女：這樣我想你們兩個終於長大了。

男：如果妳想要這麼看的話，我想我們已經長大了。但巴尼和我仍然是最好的朋友。別忘了這一點。

問：誰是威爾瑪？

A. 巴尼的姐妹。　　　　　　B. 貝蒂的表妹。

C. 薇若妮卡的媽媽。　　　　D. <u>弗瑞德的太太。</u>

* ***used to*** 以前　　close〔klos〕*adj.* 親近的
priority〔praɪˋɔrətɪ〕*n.* 優先的事物
responsibility〔rɪ,spɑnsəˋbɪlətɪ〕*n.* 責任
marry〔ˋmærɪ〕*v.* 和…結婚　　***grow up*** 長大　　***that way*** 那樣
best of friends 最好的朋友（= *the best friends*）

38.(**A**) 男：你覺得人性本惡還是人性本善？

女：我覺得人類同時具有善或惡的可能。我不認為有人天生就邪惡。有些人只是做了不好的決定。

男：你覺得所有的人都是同樣有價值嗎，還是你覺得在某些情況下有些人可能比其他人來得更有價值？

女：你是指像是把遊民和救人無數的醫生拿來做比較嗎？

男：沒錯，就是這樣。

女：或許吧。但當遊民並不代表他就一定是壞人，或是他們的生命沒有醫生的來得有價值。或許遊民做了些不好的決定。也許在他的生活偏離正軌之前他是位醫生。誰知道呢？

問：說話者主要在討論什麼？

A. <u>人類的行為。</u>　　　　　B. 健康的關係。

C. 個人衛生。　　　　　　　D. 網絡交友。

* basically〔ˋbæsɪklɪ〕*adv.* 基本上
potential〔pəˋtɛnʃəl〕*n.* 可能性；潛力　　equally〔ˋikwəlɪ〕*adv.* 同樣地
valuable〔ˋvæljəbḷ〕*adj.* 有價值的　　certain〔ˋsɝtṇ〕*adj.* 某個；某些
homeless〔ˋhomlɪs〕*adj.* 無家可歸的　　versus〔ˋvɝsəs〕*prep.* …比…
save〔sev〕*v.* 拯救　　exactly〔ɪgˋzæktlɪ〕*adv.* 正是
worth〔wɝθ〕*adj.* 有…的價值　　guy〔gaɪ〕*n.* 人；傢伙

track〔træk〕n. 軌道　　***go off track*** 偏離正軌
human〔'hjumən〕adj. 人類的　　behavior〔bɪ'hevjə〕n. 行為
healthy〔'hɛlθɪ〕adj. 健康的　　relationship〔rɪ'leʃən,ʃɪp〕n. 關係
personal〔'pɜsn̩l〕adj. 個人的　　hygiene〔'haɪdʒin〕n. 衛生
social〔'soʃəl〕adj. 社會的；社交的
networking〔'nɛt,wɜkɪŋ〕n. 建立關係網路
social networking 網絡交友

39. (**C**) 男：妳論文寫完了嗎？

女：寫完？！我根本就還沒開始。

男：妳最好趕快開始寫。這學期只剩下兩個禮拜了。

女：我是說真的。我現在非常的絕望。

男：不過，妳的論文題目是什麼？

女：噢，是關於貧窮對教育的影響。坦白說，我當初根本就不應該選擇修這個課程。這一點也不適合我。

男：現在改變心意已經有點晚了，不是嗎？

問：這位女士最有可能修哪一個課程？

A. 電腦科學。　　　　　　　B. 國際財務金融。

C. 中等教育。　　　　　　　D. 動物心理學。

* thesis〔'θisɪs〕n.（學位）論文　　***get busy*** 開始工作
semester〔sə'mɛstə〕n. 學期　　***No kidding.*** 我說的是真話。
desperate〔'dɛspərɪt〕adj. 絕望的　　***at this point*** 此時；此地
anyway〔'ɛnɪ,we〕adv. 儘管如此；無論如何　　on〔ɑn〕prep. 關於
role〔rol〕n. 角色；影響程度　　poverty〔'pɑvətɪ〕n. 貧窮
education〔,ɛdʒə'keʃən〕n. 教育　　frankly〔'fræŋklɪ〕adv. 坦白地
enter〔'ɛntə〕v. 參加　　program〔'progræm〕n. 課程
not at all 一點也不…　　***kind of*** 有點（= a little）
enroll〔ɪn'rol〕v. 登記入學；註冊　　***enroll in*** 報名參加
computer science 電腦科學　　finance〔fə'næns〕n. 財務；金融
secondary〔'sɛkən,dɛrɪ〕adj. 中等學校的
secondary education 中等教育　　psychology〔saɪ'kɑlədʒɪ〕n. 心理學

40. (**B**) 女：你有決定你寒假要去哪裡了嗎？

男：還沒有。但我想去溫暖的地方。也許是海邊度假勝地。

女：你有考慮過墾丁嗎？每年的這個時候墾丁都非常地漂亮。

男：沒錯，但是人太多了而且會有很多的青少年。我比較想去觀光
　　客少一點的地方。

女：嗯，那麼，東岸地區怎麼樣？

男：我有聽說過一個叫長濱的地方，大概在花蓮南方五十公里處。
　　應該會很棒。

女：你應該去查查看。

問：這位男士覺得墾丁怎麼樣？

A. 太貴了。　　　　　　　　　　B. 過度擁擠。

C. 海灘被污染了。　　　　　　　D. 當地民眾很友善。

* decide〔dɪˋsaɪd〕v. 決定　　spend〔spɛnd〕v. 度過
  break〔brek〕n.（短期）休假　beach〔bitʃ〕n. 海灘
  resort〔rɪˋzɔrt〕n. 渡假勝地　consider〔kənˋsɪdə〕v. 考慮
  gorgeous〔ˋgɔrdʒəs〕adj. 很美的　crowded〔ˋkraʊdɪd〕adj. 擁擠的
  overrun〔͵ovəˋrʌn〕v. 聚集於（某處）　teenager〔ˋtin͵edʒə〕n. 青少年
  prefer〔prɪˋfɝ〕v. 比較喜歡　touristy〔ˋturəstɪ〕adj. 擠滿遊客的
  hmm〔m〕interj. 嗯　coast〔kost〕n. 海岸
  hear about 聽說關於…的事　south〔saʊθ〕adv. 向南方
  be supposed to 應該　**check out** 查看
  overcrowded〔ˋovəˋkraʊdɪd〕adj. 過度擁擠的
  pollute〔pəˋlut〕v. 污染　friendly〔ˋfrɛndlɪ〕adj. 友善的

41.（**B**）男：蜜雪兒，妳今天下課後要和我們一起去唱卡拉 OK 嗎？

女：今天不行。我必須去工作。

男：我都不知妳有工作。

女：只是打工而已，在我爸的餐廳幫忙。我要接電話、幫客人點
　　菜、打包要外送的餐點、應付司機，還有結帳。非常簡單，
　　而且額外賺的錢遲早會有用。

男：妳爸爸有付妳薪水！？

女：當然！為什麼他不用付？

男：因為你們是一家人。

女：這沒有道理呀。他如果請別人來做都要付薪水，為什麼不用付
　　錢給自己的女兒？

問：女人在哪裡打工？

A. 在他媽媽的麵包店。　　　　B. <u>在他爸爸的餐廳。</u>
C. 在他舅舅的咖啡店。　　　　D. 在她哥哥的酒吧。

* karaoke (ˌkɑrɑˈoke) n. 卡拉 OK　　　*after class* 下課後
part-time (ˈpɑrtˈtaɪm) adj. 兼職的　　　*help out* 幫忙　　　*pack up* 打包
delivery (dɪˈlɪvərɪ) n. 遞送　　　manage (ˈmænɪdʒ) v. 處理；應付
cash register 收銀機　　　extra (ˈɛkstrə) adj. 額外的
come in handy 遲早有用　　　nonsense (ˈnɑnsɛns) n. 胡說
bakery (ˈbekərɪ) n. 麵包店　　　bar (bɑr) n. 酒吧

42. (**B**) 女：你明天晚上有要做什麼嗎？
男：有，明天在大禮堂會有學生代表大會，我要上台報告。
女：你要報告什麼？
男：我要報告該如何讓其他學生參與全校資源回收計畫。
女：但我們不是已經在做資源回收了嗎？
男：是的，但是那項計劃和預期落差很大。因為資源有限，管理部門已經被迫解雇很多工友了。有很多資源都應該要回收，不是嗎？這是關心這件事的學生可以參與的地方，然而能真正發揮影響力。

問：這位男士明天要做什麼？

A. 參加考試。　　　　B. <u>演講。</u>
C. 開始新的工作。　　　　D. 解雇一些員工。

* leader (ˈlidə) n. 領導者；領袖　　　auditorium (ˌɔdəˈtorɪəm) n. 大禮堂
give a presentation 上台報告　　　present (prɪˈzɛnt) v. 表達
get sb. involved in 使某人參與　　　school-wide adj. 全校的
recycle (riˈsaɪkḷ) v. 回收　　　program (ˈprogræm) n. 計畫
fall short of 未達到　　　*due to* 由於　　　limited (ˈlɪmɪtɪd) adj. 有限的
resource (rɪˈsors) n. 資源　　　admin (ˈædmɪn) n. 管理部門
be forced to 被迫　　　*lay off* 暫時解雇
maintenance (ˈmentənəns) n. 維修；管理
maintenance worker 維修工人；工友
material (ˈmətɪrɪəl) n. 材料；原料；物質
concerned (kənˈsɜnd) adj. 關心的　　　*pitch in* 參與
make a difference 有影響　　　*take a test* 參加考試
give a speech 發表演說

43. (**B**) 男：妳表現的很棒，瑪西。哇，妳的表現真是令人無法置信。

女：謝謝你，貝瑞。我覺得我打得還可以，至少可以在錦標賽中獲勝。

男：不，真的。我是認真的。我想我從沒看過有女生可以把高爾夫球打得那麼遠。看妳揮杆讓我想起了老虎伍茲。

女：我覺得比較像是曾雅妮，或是魏金。

男：沒錯。原諒我。那真是，哎呀，妳的短擊和第十八洞的長打進洞真是太精采了。簡直是傳奇！

女：你人真是太好了，貝瑞。

問：男士把女士比喻為誰？

A. 貝瑞邦茲。　　　　　　B. <u>老虎伍茲。</u>

C. 曾雅妮。　　　　　　　D. 魏金。

* (*a*) *heck of* 極度的；極好的　　boy〔bɔɪ〕*interj.* 哇

performance〔pɚˋfɔrməns〕*n.* 表現

incredible〔ɪnˋkrɛdəbl̩〕*adj.* 令人無法置信的

tournament〔ˋtɝnəmənt〕*n.* 競賽；錦標賽　　*a least* 至少

I mean it. 我是認真的。　　swing〔swɪŋ〕*n.* 揮桿（棒法）

remind〔rɪˋmaɪnd〕*v.* 使想起 <*of*>　　man〔mæn〕*interj.* 哎呀

short game 擊近球技術　　amazing〔əˋmezɪŋ〕*adj.* 令人稱奇的

long putt 長打進洞　　stuff〔stʌf〕*n.* 東西

legend〔ˋlɛdʒənd〕*n.* 傳奇

the stuff of legends 傳奇般的東西；猶如傳奇　　*far too* 太過~

compare〔kəmˋpɛr〕*v.* 比較；比喻 <*to*>

44. (**C**) 女：你要來嗎？

男：來哪裡？

女：員工大會。十點半開始。

男：你沒有收到通知嗎？會議改到明天下午三點了。

女：沒有，我沒有收到通知。是誰傳的？

男：吉兒羅伯茲昨天下午寄電子郵件給每個人。

女：噢，我昨天不在辦公室，她可能是寄到公司的電子信箱了。我今天早上忘記看了。

男：所以妳才已經準備好要去參加沒有要開的會。

問：這位女士今天早上忘記做什麼？

A. 參加會議。　　　　　　　　B. 訂機票。

C. 檢查電子郵件。　　　　　　D. 打電話給她媽媽。

* staff〔stæf〕*n.* 職員　　　*staff meeting* 員工大會
memo〔'mɛmo〕*n.* 備忘錄　　reschedule〔ri'skɛdʒul〕*v.* 重新安排時間
account〔ə'kaʊnt〕*n.* 帳戶　　check〔tʃɛk〕*v.* 檢查
explain〔ɪk'splen〕*v.* 說明　　attend〔ə'tɛnd〕*v.* 參加
take place 舉行　　book〔bʊk〕*v.* 預訂　　flight〔flaɪt〕*n.* 班機

45.(**C**) 男：早餐好了！

女：太棒了。我餓死的。味道真香。你今天早上幫我們準備了什麼？

男：有火腿炒蛋、藍梅薄煎餅、豬肉香腸和薯餅。

女：真是豐富。

男：還有剩一些煎餅麵糊，如果有人想要吃鬆餅，我也可以很快做出一些。

女：我覺得這些就很多了。這些都已經夠養活一小支軍隊了。我們開動吧！

問：會有幾個人吃早餐？

A. 一個。　　　　　　　　　　B. 兩個。

C. 至少三個。　　　　　　　　D. 不超過五個。

* starving〔'stɑrvɪŋ〕*adj.* 飢餓的　　awesome〔'ɔsəm〕*adj.* 很棒的
scrambled eggs 炒蛋　　ham〔hæm〕*n.* 火腿
blueberry〔'blu,bɛrɪ〕*n.* 藍莓　　pancake〔'pæn,kek〕*n.* 煎薄餅
pork〔pork〕*n.* 豬肉　　sausage〔'sɔsɪdʒ〕*n.* 香腸
hash〔hæʃ〕*n.* 熟肉末炒馬鈴薯泥　　*hash browns* 薯餅
quite a 非常的　　spread〔sprɛd〕*n.* 豐盛的飯菜；盛宴
leftover〔'lɛft,ovə〕*adj.* 殘餘的；剩下的
batter〔'bætə〕*n.* (用雞蛋、牛奶、麵粉等調成的) 麵糊
waffle〔'wɑfl〕*n.* 鬆餅　　whip〔hwɪp〕*v.* 迅速做成
whip up 快速做出 (菜餚)　　*a couple of* 兩三個
plenty〔'plɛntɪ〕*adj.* 很多的；夠多的
feed〔fid〕*v.* 餵；為…提供食物　　army〔'ɑrmɪ〕*n.* 軍隊

二、閱讀能力測驗

第一部份：詞彙和結構

1. (**C**) 請<u>體貼</u>別人並降低音量。畢竟這是圖書館。

    (A) defiant〔dɪ'faɪənt〕*adj.* 挑釁的

    (B) persuasive〔pɚ'swesɪv〕*adj.* 有說服力的

    (C) ***considerate***〔kən'sɪdərɪt〕*adj.* 體貼人的

    (D) clueless〔'klulɪs〕*adj.* 無線索的

    * ***keep** one's **voice down*** 壓低音量　　***after all*** 畢竟

2. (**B**) 抱怨吉姆賭博的習慣幾個月後，瑪莉<u>受夠了</u>並且離開他。

    (A) watch for 注意．　　　　(B) ***get fed up*** 受夠了；厭倦了

    (C) carry out 執行　　　　　(D) bring up 養育；提出

    * complain〔kəm'plen〕*v.* 抱怨

     gambling〔'gæmblɪŋ〕*adj.* 賭博的　　habit〔'hæbɪt〕*n.* 習慣

3. (**A**) 蓋瑞覺得他的老闆沒有<u>看出</u>他歷年來做的所有努力。

    (A) ***recognize***〔'rɛkəg,naɪz〕*v.* 看出；領悟

    (B) receive〔rɪ'siv〕*v.* 收到　　(C) avail〔ə'vel〕*v.* 有幫助

    (D) discount〔dɪs'kaʊnt〕*v.* 打折扣

    * ***over the years*** 歷年來

4. (**D**) 如果公車沒有遲到的話，我就能準時了。

    本題是「與過去事實相反」的假設語氣，主要子句的寫法為「主詞 + could/would/should/might + have + p.p.」，而從屬子句的寫法為「if + 主詞 + had + p.p.」，故選 (D) ***would have been***。

    * ***on time*** 準時

5. (**B**) 如果你看完電視的話，把它關掉。

    finish 後面的動詞須為動名詞，故選 (B) ***watching it***。

    * ***turn off*** 關掉（電源）

6. (**C**) 在我為他做一切的事情後，米奇甚至未曾謝過我。

依句意為過去式，故用過去式動詞，選 (C) ***thanked***。

7. (**B**) 雖然流感病毒檢查是自願性的，但是衛生官員高度建議這麼做。

(A) visible〔'vɪzəbḷ〕*adj.* 看得見的

(B) ***voluntary***〔'vɑlən,tɛrɪ〕*adj.* 自願的

(C) separate〔'sɛpərɪt〕*adj.* 分開的

(D) numerous〔'njumərəs〕*adj.* 許多的

* screening〔'skrinɪŋ〕*n.* 檢查；篩檢

flu〔flu〕*n.* 流行性感冒（= influenza〔,ɪnflu'ɛnzə〕）

virus〔'vaɪrəs〕*n.* 病毒　highly〔'haɪlɪ〕*adv.* 高度地；非常

recommend〔,rɛkə'mɛnd〕*v.* 建議　official〔ə'fɪʃəl〕*n.* 官員

health official 衛生官員

8. (**C**) 四肢切除術是凍傷極端的案例中才會使用的程序。

(A) regional〔'ridʒənḷ〕*adj.* 區域性的

(B) illustrated〔'ɪləstretɪd〕*adj.* 有圖解的

(C) ***extreme***〔ɪk'strim〕*adj.* 極端的

(D) possible〔'pɑsəbḷ〕*adj.* 可能的

* amputation〔,æmpjə'teʃən〕*n.* 切除（術）　limb〔lɪm〕*n.* 四肢

procedure〔prə'sidʒɚ〕*n.* 程序　case〔kes〕*n.* 案例

frostbite〔'frɔst,baɪt〕*n.* 凍傷

9. (**B**) 威廉是他朋友當中第一個拿到 iPhone 的。

表「在（三者以上）之中」，用 ***among***，選 (B)。而 (A) around 「在…周圍」、(C) along「沿著」、(D) across「在…另一邊」，皆不合句意。

10. (**B**) 收藏版 DVD 包含電影製作的紀錄片。

主詞 the collector's edition of the DVD（收藏版 DVD）為單數名詞，須用單數動詞，故選 (B) ***includes***。

* collector〔kə'lɛktɚ〕*n.* 收藏者　edition〔ɪ'dɪʃən〕*n.* 版本

documentary〔͵dɑkjə'mɛntərɪ〕*n.* 紀錄片
film〔fɪlm〕*n.* 電影

11.(**B**) 廉價能源的取得對現代經濟的運作來說，已經成為必要。

主詞 access to cheep energy（廉價能源的取得）為單數名詞，
須用單數動詞，故選 (B) *has become*。

* access〔'æksɛs〕*n.* 取得 < *to* >　　energy〔'ɛnɚdʒɪ〕*n.* 能源
essential〔ə'sɛnʃəl〕*adj.* 必要的
functioning〔'fʌŋkʃənɪŋ〕*n.* 功能；作用
modern〔'mɑdɚn〕*adj.* 現代的
economy〔ɪ'kɑnəmɪ〕*n.* 經濟

12.(**B**) 雖然人數不及敵方，且裝備不良，但我們的士兵仍然英勇奮戰。

outnumber〔aʊt'nʌmbɚ〕*v.* 數目勝過；比…多，常用被動語態，
寫成「outnumbered by（數目不及）」，故選 (B) *outnumbered*。

* enemy〔'ɛnəmɪ〕*n.* 敵人　　poorly〔'pʊrlɪ〕*adv.* 不足地；差勁地
equip〔ɪ'kwɪp〕*v.* 使裝備　　soldier〔'soldʒɚ〕*n.* 士兵
bravely〔'brevlɪ〕*adv.* 英勇地

13.(**C**) 一天幾乎沒有什麼時候是不想她的。

go by（時間）過去。

* hardly〔'hɑrdlɪ〕*adv.* 幾乎不　　*at some point* 在某些時候

14.(**C**) 在三項不同的運動競賽中，贏得了十州冠軍，布萊恩無疑是我們校
史上最棒的運動員。

依句意，選 (C) *without a doubt*「無疑地」。doubt〔daʊt〕*n.* 懷疑
而 (A) up until「直到」、(B) back and forth「來回地」、
(D) never again「絕不再」，皆不合。

* state〔stet〕*n.* 州　　championship〔'tʃæmpɪən͵ʃɪp〕*n.* 冠軍身份
athlete〔'æθlit〕*n.* 運動員

15.(**B**) 不論我媽媽何時來訪，她都堅持要清理我的廚房。

依句意，選 (B) *Whenever*「不論何時」。

而 (A) ever since「自從」、(C) due to「由於」、
(D) as a result「因此；結果」，皆不合。

＊ insist〔ɪnˋsɪst〕v. 堅持

第二部份：段落填空

第 16 至 20 題

　　2010 年時，「和平樹之日」的創辦人米拉貝爾・珍森，製作和導演了電
影「和平樹」，這部電影說的是兩個小女孩的故事，一個是回教徒，一個是
　　　　　　　　　　16
基督徒，她們夢想慶祝彼此的節日，聖誕節和開齋節。在進行電影拍攝時，
珍森想到了和平樹的概念，用一顆象徵所有文化和信仰的樹來反映「統一而
　　17　　　　　　　　　　　　　　　　　　　　　　　　　　　　18
多元」的美。她也了解到大部分的節慶，都只源自一個宗教而不是全部，所
　　　　　　　　19
以創造一個能同時慶祝所有文化和信仰的節日是重要的。
　　　　　20

＊ founder〔ˋfaʊndɚ〕n. 創辦人　　produce〔prəˋdjus〕v. 製作
direct〔dəˋrɛkt〕v. 導演　　Muslim〔ˋmʊzlɪm〕n. 回教徒
Christian〔ˋkrɪstʃən〕n. 基督徒　　*dream of* 夢想
festival〔ˋfɛstəvl̩〕n. 節慶
Eid〔aɪd〕n. 開齋節【回教徒慶祝齋月結束的節日】　　*work on* 從事
concept〔ˋkɑnsɛpt〕n. 概念；想法　　culture〔ˋkʌltʃɚ〕n. 文化
diversity〔dəˋvɝsətɪ〕n. 多樣性　　unity〔ˋjunətɪ〕n. 統一；一致
create〔krɪˋet〕v. 創造　　inclusive〔ɪnˋklusɪv〕adj. 包含一切的
root〔rut〕n. 根源；核心　　religion〔rɪˋlɪdʒən〕n. 宗教

16. (**B**)　「說」故事，用 tell a story，選 (B) *tells*。
　　　而 (A) speak〔spik〕v. 說（話、語言）、(C) talk、
　　　(D) utter〔ˋʌtɚ〕v. 講；說出；發出，皆非慣用用法。

17. (**C**)　(A) come down with　罹患（疾病）
　　　(B) come around　繞道而行　　(C) *come up with*　想到
　　　(D) come　v. 來

18. (**A**) (A) *reflect* [rɪˋflɛkt] v. 反映
　　　　 (B) repress [rɪˋprɛs] v. 壓抑
　　　　 (C) resell [riˋsɛl] v. 轉賣
　　　　 (D) refuse [rɪˋfjuz] v. 拒絕

19. (**B**) 空格應填入 realize 的受詞，又空格後為完整的名詞子句，故選
　　　　 (B) *that*。

20. (**C**) (A) find [faɪnd] v. 發現
　　　　 (B) spread [sprɛd] v. 展開
　　　　 (C) *celebrate* [ˋsɛləˌbret] v. 慶祝
　　　　 (D) appear [əˋpɪr] v. 出現

第 21 至 25 題

　　每年有超過百萬名的遊客搭惡魔島渡輪，遊覽曾<u>一度</u>被認為是美國最難逃
　　　　　　　　　　　　　　　　　　　　　　21
脫的聯邦監獄。現在，惡魔島是舊金山最大的旅遊<u>景點</u>和最著名地標之一。這
　　　　　　　　　　　　　　　　　　　　22
座島上<u>主要</u>由書籍和電影所創造出的謎團，持續吸引世界各地的人<u>直接</u>前來參
　　　23　　　　　　　　　　　　　　　　　　　　　　　24
觀，美國以前收容國內最惡名昭彰的罪犯的地方。狹窄的牢房、嚴厲的紀律，
還有強硬的作風，都是惡魔島的特徵，而這也曾是該國<u>最</u>危險囚犯的最終站。
　　　　　　　　　　　　　　　　　　　　　　　25

　　　* million [ˋmɪljən] n. 百萬　　 tourist [ˋturɪst] n. 遊客　 adj. 觀光的
　　　 board [bord] v. 上 (船、火車、飛機、巴士)
　　　 Alcatraz [ˋælkəˌtræz] n. 阿爾卡特茲【俗稱惡魔島，本為一所關重罪犯的監獄，
　　　　現為舊金山熱門的觀光景點】
　　　 ferry [ˋfɛrɪ] n. 渡船　　 consider [kənˋsɪdɚ] v. 認為
　　　 tough [tʌf] adj. 困難的　　 federal [ˋfɛdərəl] adj. 聯邦的
　　　 prison [ˋprɪzn̩] n. 監獄　　 landmark [ˋlændˌmɑrk] n. 地標
　　　 San Francisco [ˌsænfrənˋsɪsko] n. 舊金山
　　　 mystery [ˋmɪstrɪ] n. 謎　　 motion [ˋmoʃən] n. 動作
　　　 motion picture 電影　　 lure [lur] v. 誘惑
　　　 house [hauz] v. 收容；提供住所

notorious〔no'torɪəs〕*adj.* 惡名昭彰的

criminal〔'krɪmən!〕*n.* 罪犯

cramped〔kræmpt〕*adj.* 狹窄的　　cell〔sɛl〕*n.* 牢房

rigid〔'rɪdʒɪd〕*adj.* 嚴厲的　　discipline〔'dɪsəplɪn〕*n.* 紀律；管制

hard-line〔'hɑrd,laɪn〕*adj.* 強硬的

routine〔ru'tin〕*n.* 運作；常規

trademark〔'tred,mɑrk〕*n.* 商標；特徵

nation〔'neʃən〕*n.* 國家　　prisoner〔'prɪznɚ〕*n.* 囚犯

21. (**C**) 依句意，曾「一度」被認為，選 (C) *once*。

而 (A) later「後來」、(B) now「現在」、

(D) thus〔ðʌs〕*adv.*「因此」，皆不合句意。

22. (**A**) (A) *attraction*〔ə'trækʃən〕*n.* 具有吸引力的人、事、物

tourist attraction 觀光勝地

(B) delay〔dɪ'le〕*n.* 延誤

(C) contact〔'kɑntækt〕*n.* 聯絡

(D) function〔'fʌŋkʃən〕*n.* 功能

23. (**A**) (A) *primarily*〔'praɪ,mɛrəlɪ〕*adv.* 主要地

(B) consequentially〔'kɑnsə,kwɛnʃəlɪ〕*adv.* 因而

(C) accidentally〔,æksə'dɛnt!ɪ〕*adv.* 意外地

(D) vaguely〔'veglɪ〕*adj.* 模糊地

24. (**C**) (A) backhand〔'bæk'hænd〕*adv.* 以反手地

(B) forehand〔'for'hænd〕*adv.* (網球) 以正擊

(C) *firsthand*〔'fɜst'hænd〕*adv.* 直接地；第一手地

(D) secondhand〔'sɛkənd'hænd〕*adv.* 間接地

25. (**D**) 依句意，「最」危險的囚犯，選 (D) *most*。

而 (A) worst「最糟的」、(B) best「最佳的」、

(C) first「第一的」，皆不合。

第三部份：閱讀理解

第 26 至 28 題

　　「美國效忠誓言」是對美國國旗，以及美國人民共和國忠誠的宣誓，最初是由法蘭西斯・貝拉米於一八九二年所撰寫的。從那時以來，這份誓言已被修正過四次，最近一次的改變，是在一九五四年時，加了「在上帝之下」這幾個字。美國國會開會都以宣誓此誓言作開始，地方層面的政府會議，還有由哥倫布騎士團、皇家騎警隊、美國童子軍、美國女童子軍、老鷹兄弟會、共濟會、國際演講會，以及其他組織所舉行的會議，也是這麼做。

* pledge〔plɛdʒ〕 n. 誓言　　allegiance〔əˈlidʒəns〕 n. 忠誠
oath〔oθ〕 n. 宣誓；誓言　　loyalty〔ˈlɔɪəltɪ〕 n. 忠誠
national flag 國旗　　republic〔rɪˈpʌblɪk〕 n. 共合國
originally〔əˈrɪdʒənḷɪ〕 adv. 最初　　compose〔kəmˈpoz〕 v. 撰寫
modify〔ˈmɑdəˌfaɪ〕 v. 修正　　recent〔ˈrisn̩t〕 adj. 最近的
congressional〔kənˈgrɛʃənḷ〕 adj. 國會的　　session〔ˈsɛʃən〕 n. 開會
swearing〔ˈswɛrɪŋ〕 n. 宣誓　　*local level* 地方層面
hold〔hold〕 v. 舉行　　knight〔naɪt〕 n. 騎士
Columbus〔kəˈlʌmbəs〕 n. 哥倫布
the Knights of Columbus 哥倫布騎士團【世界上最大的天主教會兄弟會志願者
　　組織】
royal〔ˈrɔɪəl〕 adj. 皇家的　　ranger〔ˈrendʒɚ〕 n. 騎警隊員
Royal Ranger 皇家騎警隊　　scout〔skaʊt〕 n. 童子軍的一員
Boy Scouts of America 美國童子軍
Girl Scouts of the USA 美國女童子軍
fraternal〔frəˈtɜnḷ〕 adj. 兄弟會的　　order〔ˈɔrdɚ〕 n. …會
eagle〔ˈigḷ〕 n. 老鷹　　*Fraternal Order of Eagles* 老鷹兄弟會
freemason〔ˈfriˌmesn̩〕 n. 共濟會會員
toastmaster〔ˈtostˌmæstɚ〕 n. 宴會主持人
Toastmasters International 國際演講會　　*as well as* 以及
organization〔ˌɔrgənəˈzeʃən〕 n. 組織；機構

26..(**B**) 「效忠宣誓」是什麼？

    (A) 美國國歌。   (B) <u>忠誠宣誓。</u>

    (C) 國會會議。   (D) 法蘭西斯・貝拉米的畫作。

    * anthem〔'ænθəm〕*n.* 頌歌   *national anthem* 國歌
        painting〔'pentɪŋ〕*n.* 畫

27.(**C**) 這份誓言被修正過幾次？

    (A) 二次。   (B) 三次。   (C) <u>四次。</u>   (D) 五次。

28.(**C**) 在最後一次修正中加了什麼？

    (A) 哥倫布騎士團。   (B) 共濟會。

    (C) <u>「在上帝之下」的字。</u>   (D) 多兩節話。

    * modification〔ˌmɑdəfə'keʃən〕*n.* 修正   verse〔vɜs〕*n.* 節

第 29 至 30 題

基石地公園
公告！

  ◎ 僅限基石地居民使用。

  ◎ 須自行承擔使用器材的風險。

  ◎ 禁止亂丟垃圾。

  ◎ 禁止機動車入內。

  ◎ 禁止溜滑板和直排輪。

  ◎ 禁止喝酒。

  ◎ 禁止玻璃容器。

任何損害資產或違反公園規定的人，將會被起訴！

請打 999-0000 向公園警察呈報違規事件

緊急情況請撥打：911

管理委員會

基石地屋主協會

* cornerstone (ˈkɔrnɚˌston) *n.* 基石　　notice (ˈnotɪs) *n.* 公告
　resident (ˈrɛzədənt) *n.* 居民　　equipment (ɪˈkwɪpmənt) *n.* 器材
　risk (rɪsk) *n.* 風險　　***at one's own risk*** 自行負責
　litter (ˈlɪtɚ) *v.* 亂丟垃圾　　motorized (ˈmotɚˌraɪzd) *adj.* 裝上發動機的
　vehicle (ˈviɪkḷ) *n.* 車輛　　skateboard (ˈsketˌbord) *n.* 滑板　*v.* 溜滑板
　rollerblade (ˈrolɚˌbled) *n.* 直排輪鞋　　alcohol (ˈælkəˌhɔl) *n.* 酒精
　container (kənˈtenɚ) *n.* 容器　　damage (ˈdæmɪdʒ) *v.* 損害
　property (ˈprɑpɚtɪ) *n.* 資產；財產　　violate (ˈvaɪəˌlet) *v.* 違反
　prosecute (ˈprɑsɪˌkjut) *v.* 起訴　　report (rɪˈport) *v.* 告發；呈報
　violation (ˌvaɪəˈleʃən) *n.* 違反　　constable (ˈkɑnstəbḷ) *n.* 警察
　emergency (ɪˈmɝdʒənsɪ) *n.* 緊急情況　　dial (ˈdaɪəl) *v.* 撥 (電話)
　board (bord) *n.* 委員會　　director (dəˈrɛktɚ) *n.* 管理者
　homeowner (ˈhomˌonɚ) *n.* 房主　　association (əˌsosɪˈeʃən) *n.* 協會

29. (**B**) 這個公告的目的為何？

(A) 說明公園的歷史。　　　　(B) 告知遊客公園的規定。
(C) 提醒居民可能的罪犯行為。　(D) 說明喝酒的危險。

　* inform (ɪnˈfɔrm) *v.* 告知　　warn (wɔrn) *v.* 警告；提醒
　criminal (ˈkrɪmənḷ) *adj.* 犯罪的　　behavior (bɪˈhevjɚ) *n.* 行為
　illustrate (ˈɪləstret) *v.* 說明

30. (**D**) 下列何者在公園內是不被允許的？

(A) 抽菸。　　　　　　　　(B) 吃東西。
(C) 睡覺。　　　　　　　　(D) 溜滑板。

第 31 至 34 題

尼爾森泰瑞斯小學
44348 堪薩斯州霍伯區洛基路 7 號

感謝媽媽之夜！

四月二十日晚上七點

由於母親節即將到來，我們決定讓所有的母親都有點時間，遠離每天的生活壓力。這就是為什麼我們要舉辦「感謝媽媽之夜」的原因。

門票十元，包括一杯免費的葡萄酒，來為您的夜晚揭開序幕。

現場將會有一系列的攤販和攤位，讓您來探索：指甲藝術、美容、珠寶，還有不要忘了巧克力鍋等等的東西！

一起來同歡！

可向總辦公室買票。

抱歉了，爸爸們，你們沒被邀請。但是我們有為下個月的父親節安排特別活動！

* **primary school** 小學　　appreciation〔ə͵priʃɪˈeʃən〕*n.* 感謝
approach〔əˈprotʃ〕*v.* 接近　　**fast approaching** 即將來臨的
deserve〔dɪˈzɝv〕*v.* 值得；該受到　　**a bit of** 一點
stress〔strɛs〕*n.* 壓力　　　range〔rendʒ〕*n.* 範圍
a range of 一系列的　　vendor〔ˈvɛndɚ〕*n.* 小販
stall〔stɔl〕*n.* 攤子　　**lay out** 陳列　　explore〔ɪkˈsplor〕*v.* 探索
nail art 指甲藝術　　facial〔ˈfeʃəl〕*n.* 美容
jewelry〔ˈdʒuəlrɪ〕*n.* 珠寶　　fondue〔fɑnˈdu〕*n.* 乾酪醬
chocolate fondue 巧克力鍋【將巧克力放入鍋中用火煮融，加入奶油，以叉子
　　叉水果、餅乾或麵包沾巧克力食用的一種瑞士料理】
just to name a few 舉幾個例子來說　　available〔əˈveləbl〕*adj.* 可取得的
invite〔ɪnˈvaɪt〕*v.* 邀請　　**line up** 安排

31. (**C**) 本通知的目的為何？

　　(A) 為了減壓。　　　　　　　(B) 為了表達感謝。

　　(C) 為了宣布一場活動。　　　(D) 為了推廣攤販。

　　* relieve〔rɪˈliv〕*v.* 減輕　　announce〔əˈnaʊns〕*v.* 宣布
　　　event〔ɪˈvɛnt〕*n.* 活動　　promote〔prəˈmot〕*v.* 推廣；促銷

32. (**A**) 根據此通知，下列何者不會出現在活動中？

    (A) <u>爸爸。</u>   (B) 巧克力鍋。

    (C) 珠寶。   (D) 葡萄酒。

33. (**C**) 你可以在哪裡買票？

    (A) 在門口。   (B) 網路上。

    (C) <u>在總辦公室。</u>   (D) 向攤販購買。

34. (**C**) 本通知暗示什麼？

    (A) 四月二十日那天會有很多女性喝醉。

    (B) 女性只會在乎女性的事。

    (C) <u>下個月將會有為爸爸而舉辦的活動。</u>

    (D) 媽媽的壓力比爸爸大。

    * drunk〔drʌŋk〕*adj.* 喝醉的   womanly〔ˈwʊmənlɪ〕*adj.* 女性的

    take place 舉辦

<u>第 35 至 37 題</u>

> 　　鉛被用在許多產品當中。舉例來說：火柴、染料、一些食品罐頭，以及含鉛汽油當中都有鉛。汽油煙會排放鉛到空氣中。令人驚訝的是，鉛筆中完全沒有任何鉛。了解鉛是很重要的，因為鉛會使我們中毒。甚至是體內微量的鉛都能導致鉛中毒。
>
> 　　從老房子上剝落的油漆常常是鉛的來源。咀嚼剝落的油漆片的小孩，可能罹患鉛中毒。一天只要吃下一點含鉛的油漆片，就能導致鉛中毒。變成粉末的崩落的油漆，也可能是鉛中毒的來源——甚至是對不會咀嚼剝落油漆片的人而言也是如此。
>
> 　　許多 1940 年之前所建造的房子，牆上的層層油漆，鉛含量可能很高。大部分現代的室內漆都不含鉛，但是戶外漆可能有。

簡單的驗血就能檢測鉛中毒。住在老房子的小孩應該要經常受檢。如果他們被發現體內有鉛，可以用除去鉛的藥物來治療他們。鉛中毒的小孩應該立即接受治療！

* lead〔lɛd〕n. 鉛　　v. 在…加入鉛　　product〔'prɑdʌkt〕n. 產品
match〔mætʃ〕n. 火柴　　dye〔daɪ〕n. 染料
can〔kæn〕n. 罐子　　gasoline〔'gæsḷ,in〕n. 汽油
fume〔fjum〕n. 煙　　send〔sɛnd〕v. 放出
surprisingly〔sə'praɪzɪŋlɪ〕adv. 令人驚訝地
lead pencil 鉛筆　　contain〔kən'ten〕v. 包含
poison〔'pɔɪzn̩〕v. 使中毒　　amount〔ə'maʊnt〕n. 數量
paint〔pent〕n. 油漆　　peeling〔'pilɪŋ〕n. 剝落；脫落
source〔sors〕n. 來源　　chew〔tʃu〕v. 咀嚼
chip〔tʃɪp〕n. 碎片　　suffer〔'sʌfɚ〕v. 遭受
suffer from 因~而受苦　　poisoning〔'pɔɪznɪŋ〕n. 中毒
flake〔flek〕n.（剝落的）薄片　　crumble〔'krʌmbḷ〕v. 崩落
turn into 變成　　dust〔dʌst〕n. 灰塵
layer〔'leɚ〕n. 層　　content〔'kantɛnt〕n. 含量
blood〔blʌd〕n. 血　　detect〔dɪ'tɛkt〕v. 檢測
regularly〔'rɛgjələlɪ〕adv. 規律地；經常
treat〔trit〕v. 治療　　remove〔rɪ'muv〕v. 除去
immediately〔ɪ'midɪɪtlɪ〕adv. 立刻

35. (**C**) 什麼方法被用來檢測鉛中毒？

(A) 皮膚檢查。　　　　　　　(B) 視力檢查。

(C) 血液檢查。　　　　　　　(D) 呼吸檢查。

* method〔'mɛθəd〕n. 方法　　breathing〔'briðɪŋ〕n. 呼吸

36. (**D**) 何者會增加體內的鉛含量？

(A) 吸入汽油煙。　　　　　　(B) 吸入剝落油漆的粉末。

(C) 吃剝落的油漆片。　　　　(D) 以上皆是。

37. (**B**) 本文的最佳標題爲何？

  (A)「治療鉛中毒的藥」   (B)「鉛中毒的主要原因」

  (C)「油漆老房子」   (D)「鉛的製造」

  * manufacture (ˌmænjəˈfæktʃɚ) *n.* 製造

第 38 至 40 題

戶外運動用品店冬季特賣會！

  從一月十五日到三十日止，享受精選部門高達二點五折的折扣。不要錯過這些令人難以置信的特價商品！

露營與冒險	健行
所有科爾曼牌的帳棚、遮雨棚，以及睡袋都打六折	所有梅里克牌的健行鞋和長靴都打三折（只限七到十二號）
精選的凱莉牌煤油燈打五折	所有紐巴倫牌的外衣都打四折
魚餌和釣具	**高山運動**
所有傑普森牌的釣竿和魚餌都打三折	所有鮑爾牌滑雪板和配件都打二點五折
所有芬克爾牌的魚餌箱都打四折	所有 K2 牌滑雪板都打二點五折

特賣期間營業時間延長

  星期一到星期六 早上 9:00 – 晚上 10:00

  星期日   早上 9:00 – 晚上 6:00

 * outfitter (ˈaʊtˌfɪtɚ) *n.* 旅行（運動）用品店

  up to 高達 select (səˈlɛkt) *v.* 選擇

  department (dɪˈpɑrtmənt) *n.* 部門

  incredible (ɪnˈkrɛdəbḷ) *adj.* 難以置信的 deal (dil) *n.* 交易；買賣

  camping (ˈkæmpɪŋ) *n.* 露營 adventure (ədˈvɛntʃɚ) *n.* 冒險

tent〔tɛnt〕n. 帳棚　　shelter〔ˈʃɛltɚ〕n. 遮蔽物；庇護所
sleeping bag 睡袋　　kerosene〔ˈkɛrəˌsin〕n. 煤油
lamp〔læmp〕n. 燈　　*kerosene lamp* 煤油燈
bait〔bet〕n. 餌　　tackle〔ˈtækl̩〕n. 用具
rod〔rɑd〕n. 釣竿　　lure〔lʊr〕n. 假魚餌
boots〔buts〕n. pl. 長靴　　outerwear〔ˈaʊtɚˌwɛr〕n. 外衣
Alpine〔ˈælpaɪn〕adj. 高山的　　ski〔ski〕n. 滑雪屐；滑雪板
accessory〔ækˈsɛsərɪ〕n. 配件　　snowboard〔ˈsnoˌbord〕n. 滑雪板
extend〔ɪkˈstɛnd〕v. 延長　　*business hours* 營業時間

38.(**A**) 特賣期間什麼半價？

　　(A) 煤油燈。　　　　　　　　(B) K2 牌滑雪板。
　　(C) 芬克爾牌魚餌箱。　　　　(D) 紐巴倫牌外衣。

39.(**D**) 戶外運動用品店在特賣期間會做什麼？

　　(A) 所有部門都降價。
　　(B) 「魚餌和釣具」有最多折扣。
　　(C) 星期一提早打烊。
　　(D) 延長營業時間。

　　* reduce〔rɪˈdjus〕v. 減少；降低　　offer〔ˈɔfɚ〕v. 提供

40.(**B**) 根據這則廣告，誰可能會得到最多折扣？

　　(A) 想要釣魚竿的人。　　　　(B) 想要滑雪板的人。
　　(C) 想要帳篷的人。　　　　　(D) 想要新健行靴的人。

　　* *according to* 根據　　advertisement〔ˌædvɚˈtaɪzmənt〕n. 廣告